Bianca

El griego indomable
Kim Lawrence

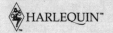

HARLEQUIN

Editado por HARLEQUIN IBÉRICA, S.A.
Núñez de Balboa, 56
28001 Madrid

© 2010 Kim Lawrence. Todos los derechos reservados.
EL GRIEGO INDOMABLE, N.º 2053 - 19.1.11
Título original: Unwordly Secretary, Untamed Greek
Publicada originalmente por Mills & Boon®, Ltd., Londres.

Todos los derechos están reservados incluidos los de reproducción,
total o parcial. Esta edición ha sido publicada con permiso de
Harlequin Enterprises II BV.
Todos los personajes de este libro son ficticios. Cualquier parecido
con alguna persona, viva o muerta, es pura coincidencia.
® Harlequin, logotipo Harlequin y Bianca son marcas registradas
por Harlequin Books S.A.
® y ™ son marcas registradas por Harlequin Enterprises Limited y
sus filiales, utilizadas con licencia. Las marcas que lleven ® están
registradas en la Oficina Española de Patentes y Marcas y en otros
países.

I.S.B.N.: 978-84-671-9581-1
Depósito legal: B-42777-2010
Editor responsable: Luis Pugni
Preimpresión y fotomecánica: M.T. Color & Diseño, S.L.
C/ Colquide, 6 portal 2 - 3º H. 28230 Las Rozas (Madrid)
Impresión y encuadernación: LITOGRAFÍA ROSÉS, S.A.
C/ Energía, 11. 08850 Gavá (Barcelona)
Fecha impresion para Argentina: 18.7.11
Distribuidor exclusivo para España: LOGISTA
Distribuidor para México: CODIPLYRSA
Distribuidores para Argentina: interior, BERTRAN, S.A.C. Vélez
Sársfield, 1950. Cap. Fed./ Buenos Aires y Gran Buenos Aires,
VACCARO SÁNCHEZ y Cía, S.A.
Distribuidor para Chile: DISTRIBUIDORA ALFA, S.A.

Capítulo 1

THEO CRUZÓ la habitación con paso firme, sin vacilar ni un instante. Sin embargo, la expresión de su rostro lo delataba. ¿Acaso lo había soñado o realmente acababa de llevarse una reprimenda a manos de la patética secretaria de su hermano?

«¡Increíble!», pensó, escandalizado, y trató de recrear la escena en la memoria. Cuando por fin se había dignado a levantar la vista del teclado del ordenador, aquella mujer le había lanzado una mirada de auténtico desprecio.

«Hace media hora...», había añadido en un tono afectado después de darle la información que le había solicitado.

Estuvo a punto de reírse, pero el buen humor no le duró ni un segundo. La mujer que se ocupaba de los asuntos profesionales de su hermano le había caído mal desde el principio. Había algo en ella que... No era capaz de ponerle nombre... No se trataba sólo de aquellas formas pedantes, ni tampoco de aquella actitud sobreprotectora para con su hermano... Él nunca había tenido el deseo de sentirse apreciado por sus empleados, pero no podía evitar preguntarse por qué lo miraba como si fuera un ser malvado. ¿Cuándo y cómo le había dado motivos?

Nunca.

Quizá encajara en el papel del perfecto villano o algo parecido... Sin duda ésa era de las que tenían un gran melodrama personal que representar, con represión freudiana incluida. No obstante, hasta ese momento siempre le había tratado con una cortesía impecable, aunque no agradable. De alguna forma, la hostilidad siempre había estado presente.

No entendía muy bien cuál era su problema, pero tampoco quería averiguarlo. Estaba dispuesto a ser tolerante porque era una trabajadora muy eficiente, nada que ver con sus predecesoras. El currículum y las cualidades profesionales nunca habían sido una prioridad para su hermano Andreas a la hora de entrevistar candidatas para el puesto de secretaria.

Sin embargo, aunque Elizabeth Farley tuviera una habilidad asombrosa para manejar sin problemas la ajetreada agenda de su jefe y fuera capaz de pasar toda una mañana trabajando sin tener que ir a hacerse la manicura, jamás hubiera sido la primera elección de Theo; ni la primera ni la última. A diferencia de su hermano Andreas, a él no le gustaba tener esclavas que lo adoraran incondicionalmente.

Un gesto de desagrado cambió la expresión de su rostro cuando recordó la devoción casi canina de aquella mujer. Su dedicación iba mucho más allá de una mera llamada del deber, pero no había llegado tan lejos como ella hubiera querido. ¿Cómo iba a llegar a algo más con aquellos horribles trajes que se ponía, grises en invierno y marrones en verano?

A Andreas le encantaba sentirse idolatrado y muchas de las mujeres que habían compartido cama con él parecían sacadas de una revista de moda. De hecho, varias habían salido de ahí.

La moda femenina, por el contrario, no era precisamente un tema de interés para Theo, pero sí le gustaban las mujeres seguras de sí misma que hacían un esfuerzo por estar guapas y tener buen aspecto.

«Elizabeth Farley...».

Parecía empeñada en borrar todo rastro de feminidad de su cuerpo...

Sin duda debía de tener un trauma muy serio, pero

ése no era asunto suyo. La cortesía y el respeto en el entorno laboral, en cambio, sí lo eran, y aunque no quisiera tener un séquito de aduladores en el edificio que llevaba el nombre de su familia, tampoco esperaba llevarse un desplante a manos de una simple secretaria.

Él nunca había tenido que recordarle a nadie quién era el jefe allí, pero decididamente ella necesitaba que alguien le dejara las cosas bien claras. Se detuvo frente al despacho de su hermano, se soltó un botón del impecable traje a medida que llevaba puesto y se aclaró la garganta. La joven menuda que estaba sentada tras el escritorio levantó la cabeza y entonces la expresión de él se transformó. Detrás de aquellas horrorosas gafas que siempre se ponía para el papeleo, podía ver los ojos de Elizabeth Farley, llenos de lágrimas. Algunos hombres se dejaban llevar por esos excesos emotivos típicamente femeninos. Él, en cambio, siempre los había encontrado... irritantes. Sin embargo, ese día se sentía inclinado a no ser tan inflexible. Ella estaba de suerte.

Después de una pausa, por fin, se decidió a hablarle, no sin un persistente rastro de reticencia.

–¿Un mal día?

Elizabeth lo miró con ojos perplejos. No era sólo aquel tono de voz comprensivo, sino también la persona de la que provenía. Aquella pizca de humanidad, aunque pequeña, era totalmente inesperada en alguien como Theo Kyriakis. Siempre que le oía hablar, su voz sonaba dura, cruel, sarcástica... Beth no pudo contener un sollozo y al final emitió un sonido a medio camino entre un lamento y un gemido.

Sorprendentemente aquel hombre desagradable parecía haber dejado a un lado su habitual arrogancia y soberbia... justo en el peor momento.

«¡Qué oportuno!», pensó la joven. ¿Por qué no podía ser el ser despreciable y autosuficiente de siempre?

«No voy a llorar. No voy a llorar. No voy a llorar...», se dijo una y otra vez. Parpadeó compulsivamente, masculló alguna excusa relacionada con la alergia y trató de rehuir aquella mirada penetrante e insostenible.

Era muy extraño pero, desde el primer momento, los ojos oscuros y enigmáticos de Theo Kyriakis la habían turbado sobremanera. En realidad, toda su persona la inquietaba más de lo normal. Ella siempre había intentado no juzgar a nadie a partir de una primera impresión, pero en el caso de los hermanos Kyriakis no había sido capaz de seguir la máxima. Su reacción hacia ellos había sido poderosa, instantánea y muy difícil de borrar. Por lo general la gente solía caerle bien, pero Theo Kyriakis no formaba parte de la especie humana. Aquel tipo era el ser más frío y prepotente que jamás había conocido; todo lo contrario de su hermano. Nada más ver sonreír a Andreas, se había convertido en su esclava fiel.

Al recordar aquel momento, Beth volvió a sentir el picor de las lágrimas en los ojos. Se mordió el labio inferior y se sacó un pañuelo de papel del bolso, consciente en todo momento de la presencia siniestra del verdadero y *único* jefe de Kyriakis Inc, por mucho que la circular de Navidad dijera otra cosa.

Ésa no debía de ser la primera vez que Theo Kyriakis hacía llorar a alguien. El hombre no era un pozo de simpatía precisamente. Cuando repartieron la amabilidad y la tolerancia, debía de estar muy atrás en la cola. Sin embargo, en otros casos era evidente que había sido el primero de la lista.

Beth se hubiera echado a reír de no haberse sentido tan mal. Se sonó la nariz y se atrevió a mirar con disimulo aquel perfil aristocrático y bronceado. Aunque no quisiera admitirlo, no tenía más remedio que reconocer que debía de resultar atractivo para la mayoría de la gente. Además, la abrumadora sexualidad que desprendía en todo momento debía de venirle muy bien.

Espectacular y sexy... Eso pensaba la mayoría de las mujeres, pero a Beth le traía sin cuidado. Lo que realmente detestaba en él era su absoluta indiferencia hacia el resto de los mortales. Lo que los demás pensaran de él debía de importarle...

«Un pimiento...», pensó la joven para sí. Aquel alarde constante y el exceso de confianza eran absolutamente insufribles.

Cuando entraba en una habitación, todo murmullo cesaba de inmediato y un silencio sepulcral invadía la estancia. Todos se volvían hacia él y lo seguían con la mirada, como si estuvieran bajo un embrujo repentino. Sin embargo, no eran sus exquisitos trajes y su impresionante porte los que los dejaban boquiabiertos. Aquel hombre despedía un magnetismo animal que no pasaba desapercibido. Perfección... Ése era el problema. Theo Kyriakis marcaba la diferencia; siempre de punta en blanco.

Beth, por el contrario, siempre había sido un completo desastre, pese a los esfuerzos de su abuela por inculcarle un poco de orden. Cada vez que tenía que arreglarse ponía patas arriba el cuarto de baño y el armario, pero los resultados nunca llegaban a ser nada más que... correctos.

«Correcto...», pensó para sí. Nadie hubiera pensado jamás en Theo Kyriakis como una persona *correcta* mientras avanzaba por uno de los pasillos del edificio, con aire tranquilo y elegante, haciendo girarse a la gente a su paso.

Aquello no era normal. Un hombre necesitaba tener unos cuantos defectos que lo hicieran humano, pero él no parecía tener ninguno.

«O lo tomas o lo dejas...», decía la expresión permanente de su rostro. Sin embargo, era muy fácil adoptar esa pose cuando nadie tenía otra elección que no fuera *tomarlo*.

Andreas, en cambio, era totalmente distinto. Una de las primeras cosas que le había llamado la atención de él, aparte de su encantadora sonrisa, era su inesperada fragilidad y, por supuesto, su simpatía; nada que ver con su hermano insoportable. Si hubiera sido él quien la hubiera encontrado llorando, habría hecho algún comentario gracioso para hacerla reír en lugar de quedarse mirándola con unos ojos sombríos y escalofriantes.

La idea de recibir un abrazo de Theo Kyriakis debería haber sido de lo más disparatada y divertida. Sin embargo, no era así. De alguna forma, la idea de sentir aquellos brazos musculosos a su alrededor, apretándola contra un cuerpo que era tan duro como aquellos ojos afilados la hacía sentir una bola en el estómago; una bola de horror. ¿De qué si no?

Mirándola con descaro, Theo hizo una ligera mueca al oírla sonarse la nariz una vez más. ¿Cómo podía hacer tanto ruido una nariz tan pequeña?

–Váyase a casa. Yo me ocuparé de Andreas –dijo, pensando que no era una buena idea tener a una mujer histérica al frente del despacho.

Aquel ofrecimiento inesperado la hizo levantar la cabeza de repente, sacándola de aquella ensoñación que ya empezaba a parecerse a una pesadilla.

–¡De ninguna manera! –le dijo, irritada ante aquella sugerencia. Ella no era su secretaria, sino la de Andreas, pero eso no le impedía repartir órdenes a diestro y siniestro.

Miró aquel rostro aristocrático e inflexible. Él nunca dejaba que nadie olvidara quién mandaba allí. En más de una ocasión se había tenido que morder la lengua al verle cuestionar la autoridad de su hermano, pero Andreas nunca se quejaba. Tenía un corazón demasiado bueno para eso.

A él no le gustaba generar conflictos, ni tampoco buscarse enemigos, y lo cierto era que ya tenía bastante con los de su hermano Theo. Ella solía salir en su defensa y así se había ganado la fama de ser sobreprotectora, entre los miembros más educados del personal de la empresa. Los demás simplemente le tenían miedo y ése era el motivo por el que no tenía muchos amigos allí.

Sin embargo, esa reputación sí le garantizaba una buena dosis de respeto, aunque no fuera sincero.

Respeto fingido y un amor sin corresponder... Los viernes por la noche no eran nada del otro mundo para ella.

Theo levantó las cejas al oírla contestar con tanta vehemencia. La expresión de su rostro pasó de la cordialidad a la irritación en un abrir y cerrar de ojos.

–Hay que dejar los asuntos personales en casa –le dijo en un tono serio.

Él siempre había sido capaz de mantener la compostura y la disciplina incluso en los peores momentos y por tanto no esperaba menos de sus empleados. Unos años antes, a raíz de la inesperada cancelación de su compromiso, su foto había aparecido en todos los tabloides y revistas del corazón del país, y su «supuesto» corazón roto se había convertido en la comidilla de todas las páginas web de cotilleo. Sin embargo, eso no le había impedido realizar su trabajo con la misma pulcritud de siempre.

–¡Yo no tengo asuntos personales! –dijo ella, indignada.

Theo arqueó una ceja en un gesto sarcástico y disfrutó mucho viéndola sonrojarse.

–Me sorprende –murmuró.

No obstante, eso no era lo único que le sorprendía. ¿Por qué trataba de prolongar aquella conversación? Ver cómo la estirada secretaria robot de su hermano sacaba las uñas podía llegar a ser fascinante... para algún ocioso sin nada que hacer. Él, por el contrario, estaba muy ocupado.

Beth le lanzó una mirada fulminante a través de las lentes tintadas de sus gafas.

«Maldito imbécil sarcástico...», pensó.

–Tengo mucho trabajo que hacer.

–Muy pocos somos imprescindibles, señorita Farley.

¿Qué era aquello? ¿Una advertencia? ¿Una amenaza? Beth trató de restarle importancia a aquellas incisivas palabras. No estaba dispuesta a dejar que los comentarios mordaces de Theo Kyriakis le quitaran el sueño. De hecho, probablemente fuera uno más de sus latigazos verbales sin trascendencia. Sin embargo, a veces era difícil saberlo porque aquella voz profunda y envolvente como el chocolate negro podía convertir la lectura de una lista de la compra en una experiencia siniestra y extraña.

«¡Bueno, basta ya!», se dijo. En menos de un año ya se habría olvidado de aquella voz, aunque eso significara quedarse sin trabajo, sobre todo en números rojos.

Beth levantó la barbilla. Ya no estaba en la plantilla de la empresa, y por tanto no tenía por qué aguantar los arrebatos egocéntricos de aquel hombre impertinente.

«¡A diferencia del resto de mundo!».

–No puede echarme porque me voy.

Estupefacto, Theo contempló el sobre que le ofrecía con manos temblorosas.

–¿Echarla? –se preguntó él, sacudiendo la cabeza con desconcierto–. ¿Me he perdido algo?

Pensando que quizá se había excedido un poco en su reacción, Beth bajó la vista y rehuyó su mirada.

–Usted ha dicho que yo no era imprescindible –le recordó.

–¿Y usted cree que sí lo es?

–Claro que no –dijo ella.

Ignorando la interrupción, Theo siguió adelante.

–¿Entonces guarda una carta de dimisión en el cajón por si llega el momento?

–Claro que no. Yo...

Él examinó el sobre un instante.

–Y el nombre que aparece en ese sobre no es el mío. Yo no soy su jefe inmediato, ¿recuerda?

Beth puso los ojos en blanco.

Sobre el papel Andreas era el jefe en esas oficinas pero, aunque gozara de cierta autonomía, Beth sabía muy bien que el que tomaba todas las decisiones importantes era Theo Kyriakis. Él era Kyriakis Inc. Y nadie hubiera cuestionado su gestión después de ver la meteórica subida de la empresa. Andreas siempre acataba las órdenes de su hermano sin rechistar y evitaba a toda costa cualquier tipo de confrontación.

–Si quiere verme fuera de aquí, me voy ahora mismo.

Theo guardó silencio un instante, asombrado ante aquel desafío insolente.

–¿Qué? ¿Y perderme la posibilidad de tener estas deliciosas discusiones en el futuro? –se detuvo.

Prácticamente podía ver cómo le rechinaban los dientes de tanto apretarlos.

–Mire, no sé qué le ha pasado ni quién la ha hecho ponerse así –añadió, sin saber por qué se preocupaba tanto por el asunto. Su único objetivo era asegurar el buen funcionamiento de Kyriakis Inc. Todo lo demás carecía de importancia.

–¡Usted! –nada más decirlo, Beth se sintió culpable. En realidad él no le había hecho nada... en esa ocasión.

Él la miraba con una expresión de perplejidad en el rostro, y no era para menos. Había descargado contra él toda la rabia y la frustración que tenía dentro, pero no sabía muy bien por qué lo había hecho. El único delito que él había cometido era darse cuenta de que ella no se encontraba bien. De hecho, había sido la única persona que se había fijado.

–Creo que debería meditar mejor su decisión –le dijo él tras un largo silencio.

¿Acaso su hermano Andreas se había acostado con ella? Theo contuvo la respiración durante treinta largos segundos. La explicación encajaba muy bien con aquel espectáculo de llanto. ¿Cuántas veces le había dicho a Andreas que mezclar el trabajo con el amor era la receta perfecta para el desastre?

Anonadada y boquiabierta, Beth le vio mascullar un juramento y romper la carta en pedazos.

–Si bien no es imprescindible... –le dijo, esbozando una sonrisa sarcástica. Era imposible que Andreas se hubiera ido a la cama con una mujer que no llevara los labios pintados.

Y Elizabeth Farley no los llevaba.

Mientras observaba la exuberante curva de sus labios bien delineados, se dio cuenta de que no era algo tan malo. Si ella hubiera decidido realzar un poco más aquel regalo de la naturaleza, podría haberse convertido en una distracción peligrosa para su alocado hermano. Igual que cualquier otro hombre, Andreas hubiera empezado a preguntarse qué otros regalos de la naturaleza podía esconder debajo de aquella ropa infame.

–... sí creo que es muy buena en su trabajo –añadió, terminando la frase, sin dejar de mirarle los labios.

Beth guardó silencio. Durante mucho tiempo no había sido más que un mueble de oficina para Theo Kyriakis, y sin embargo, en ese momento, parecía mostrarle algo de reconocimiento.

–¿Ah, sí? –le dijo ella, obligándose a mirarlo a los ojos.

–¿Me equivoco?

Dejando a un lado su modestia habitual, Beth respondió al desafío que brillaba en aquellos ojos oscuros e impenetrables.

–Soy buena en mi trabajo.

Y tenía razón. Por lo que Theo había podido ver, aquellas oficinas hubieran llegado al colapso de no haber sido por ella. Presa de una nueva oleada de irritación, se preguntó qué podía haber hecho Andreas para provocar esa situación. Si el sexo estaba fuera de la ecuación, no quedaban muchas opciones.

–¿Es que le han hecho una oferta mejor? –le preguntó, frunciendo el ceño.

Beth levantó la vista de la papelera que contenía los restos de su carta de dimisión; la carta que ya había escrito tres veces. Por suerte, todo lo que tenía que hacer para tener otra copia era pulsar el botón de la impresora.

–¿Oferta?

–No tiene nada que temer –dijo él en un tono brusco y escaso de paciencia–. ¿Ha recibido alguna llamada?

–¿Quiere decir para un trabajo? –Beth abrió los ojos. ¿De verdad pensaba que algún ejecutivo estaba interesado en ficharla?

Él arqueó una ceja, en espera de una respuesta.

Ella sacudió la cabeza.

–No, no he recibido ninguna llamada.

Él la atravesó con una mirada interrogante y aguda.

–¿Los desafíos son un problema para usted?

Sin duda era una mujer inteligente. Sin embargo, la expresión vacía con que lo miraba en ese momento decía lo contrario.

–¿Es que no da abasto con el trabajo?

A él le encantaban los desafíos y por tanto sabía reconocer la frustración y el aburrimiento en los demás. Mucha gente disfrutaba desempeñando un trabajo monótono y rutinario, pero a lo mejor ella no era una de ésas.

–¿No cree que es buena idea hablarlo con Andreas antes de tomar una decisión precipitada?

El tono casual con que arrojó aquella sugerencia disparó la rabia de Beth. La joven se puso en pie, llena de indignación.

¿Cómo podía pensar que había tomado una decisión semejante sin meditarla cuidadosamente? No estaba en situación de abandonar un trabajo, y mucho menos uno que estaba tan bien pagado, pero no tenía otra alternativa. Enamorarse del jefe era una cosa, pero verse obligada a ayudarle a elegir un anillo para su prometida era algo totalmente distinto, y ella no era tan masoquista. Seguramente era una tonta por haber tomado una decisión así, pero ya no podía soportarlo. Además, había hecho todo lo posible por olvidarse de él.

–¡No puedo hacerlo! –gritó–. Si tengo que verle...

Al ver una expresión de perplejidad absoluta en el rostro de Theo Kyriakis, volvió a sentarse, ofuscada. Un rubor incontenible teñía sus mejillas.

–Por favor, váyase –masculló entre dientes, tratando de esconder la rojez de su rostro tras una cortina de pelo.

Él se quedó mirándola durante unos segundos interminables y finalmente siguió de largo.

Beth soltó el aliento al oír cómo se abría la puerta.

Theo tardó un buen rato en ahuyentar de su pensamiento el incidente con Elizabeth Farley; su extraño comportamiento, aquel exabrupto apasionado, sus labios temblorosos e increíblemente sensuales... La escena que acababa de vivir no era fácil de olvidar. Sin embargo, la imagen que encontró nada más traspasar la puerta tampoco se quedaba atrás. Su hermano, besándose con la mujer que una vez había sido su prometida...

Un pequeño *déjà vu*... No exactamente. La vez anterior la había sorprendido *in fraganti* en los brazos de otro hombre, pero en esa ocasión parecía hacerlo a propósito. Además, la otra vez se la había encontrado desnuda con su amante, pero en esa ocasión tanto Andreas como ella estaban vestidos, por suerte.

La otra vez... había visto cómo se hacían añicos sus propias ilusiones; nada que ver con el presente. Las ilusiones eran parte del pasado. Ya no tenía expectativas románticas de ningún tipo y, por tanto, podía contemplar la escena con cierto grado de frialdad y objetividad; algo que le faltaba seis años antes.

Seis años antes... Entonces era un romántico empedernido; un optimista que se creía el hombre más afortunado del mundo. Entonces creía haber encontrado a su alma gemela. Entonces...

Estaba enamorado. Y era tan agradable ser la envidia de todos sus amigos; un hombre feliz con una preciosa prometida... Ella seguía siendo preciosa y era evidente que su hermano Andreas era de la misma opinión. ¿Acaso era algo genético o era que todos los hombres de la familia Kyriakis tenían que pasar por la misma prueba?

De ser así, entonces él había aprobado con matrícula de honor. No obstante, por muy humillante que fuera, la experiencia le había servido para aprender unas cuantas lecciones que ya no olvidaría jamás. En su faceta profesional, siempre había trabajado bajo el supuesto de que todo el mundo tenía intereses propios y, gracias a Ariana, había empezado a aplicar la misma máxima en sus relaciones personales. Todavía disfrutaba del sexo; al fin y al cabo no era más que una necesidad primaria, como alimentarse o dormir, pero ya no esperaba ni buscaba una unión mística. A veces se preguntaba cuánto tiempo hubiera vivido atrapado en aquella patraña si el destino no se hubiera interpuesto en su camino en forma de un vuelo cancelado... El mismo destino que lo había llevado hasta la puerta del apartamento de su prometida al mismo tiempo que a su antiguo marido, el viejo Carl Franks.

Era prácticamente imposible volver a tropezar con la misma piedra. No obstante, si por alguna jugarreta del destino volvía a sentirse tentado de utilizar las palabras «amor» o «para siempre», entonces sólo tendría que recordar aquel patético incidente del pasado para recuperar la cordura. En aquella ocasión, había dado media vuelta y se había ido sin más, pero, desafortunadamente, ésa no era una opción en ese momento. Aunque su hermano no supiera valorar su esfuerzo, era su responsabilidad salvarle. Por suerte, a pesar de sus muchos defectos, Andreas nunca había sido precisamente un romántico y, a diferencia de él mismo, nunca había tenido tendencia a poner a las mujeres en un pedestal durante la adolescencia. Con sólo recordar su propia ingenuidad en aquella época, no podía evitar una mueca de dolor. ¿Acaso Ariana no había sido capaz de resistir la tentación de lanzarse a por su hermano nada más surgir la oportunidad, o lo había hecho con toda intención?

«¿Y eso qué más da?», se dijo. Si ella creía que lo iba a dejar pasar, estaba muy equivocada.

Mirando atrás, quizá había sido un error haberla dejado llevar a cabo su pequeña venganza seis años antes. Por aquel entonces no le había parecido una buena idea responder a las declaraciones que ella había hecho, pues no quería prolongar el interés del público. Sin embargo, la versión que ella había vendido a aquella revista femenina era falsa de principio a fin...

«Yo estaba loca por Theo y por eso me llevé una gran sorpresa cuando me dio un ultimátum. Me hizo elegir entre mi carrera y él. Es un griego de pura raza y supongo que quería una esposa anticuada y supeditada a él...», había declarado para la prensa. Y después lo había llamado para decirle que gracias al artículo la habían llamado para protagonizar la campaña de publicidad de un nuevo perfume, en lugar de la modelo que había sido elegida en primera instancia.

«Así que *gracias*, Theo...», le había dicho en un tono de advertencia.

«Pero todavía me debes una».

Evidentemente había encontrado el momento adecuado para cobrarse su última deuda.

–¿Interrumpo?

Aquella irónica pregunta los hizo separarse de inmediato. Ariana se ajustó el escandaloso escote del vestido y Andreas, algo incómodo y nervioso, se pasó una mano por el cabello y se aclaró la garganta.

–Theo... Yo... Nosotros... No te oímos tocar. Estábamos...

Theo arqueó una ceja y le sonrió. En realidad tenía ganas de estrangularle por haber caído en aquella estúpida trampa. ¿Cómo era posible que no supiera que Ariana era venenosa? Una víbora codiciosa en busca de venganza.

La joven levantó una de sus manos, exhibiendo una manicura perfecta, y tapó los labios de Andreas.

–Cariño, Theo sabe muy bien qué estábamos haciendo –le dijo, sonriendo.

Mirando a su hermano con impaciencia, Andreas se dejó besar.

—Bueno, no hacen falta presentaciones, ¿verdad? —dijo, riéndose un poco de su propia broma.

Alto y apuesto, Andreas Kyriakis sabía que la calidez y el encanto irresistible de su sonrisa siempre inclinaban a su favor la balanza. O casi siempre... En ese momento su sonrisa parecía tan tirante y crispada como un cable de alta tensión. Agarró una fría botella de champán, la abrió y entonces, al mirar a su futura esposa, ya no pudo contener más la sonrisa triunfal.

Esa vez le tocaba a Theo ser el segundo plato.

Ariana nunca lo había querido, pero a él sí lo quería.

Capítulo 2

ESO FUE hace muchos años. Éramos unos críos, ¿verdad, Theo? —Ariana agarró su copa de champán y miró al hermano mayor a través de una copiosa cortina de pestañas negras. Theo parecía demasiado relajado. ¿Por qué no arremetía contra su hermano pequeño y le lanzaba algún ultimátum de los suyos?

La joven titubeó durante un breve instante de desconcierto.

—Unos niños —dijo Theo al tiempo que reparaba en el enorme pedrusco que brillaba en el dedo de ella—. Por lo menos, yo sí —añadió, con una mirada irónica y una sonrisa en los labios.

Mientras la observaba ella arrugó los labios; unos labios realzados por los cosméticos más sofisticados; tan distintos a la suavidad rosada y natural de los de Elizabeth Farley.

Por fin había encontrado una explicación para la escena dramática de un rato antes. Al parecer no era el único que lamentaba aquel compromiso.

—Ojalá hubieras ido a la fiesta de cumpleaños de Ariana en París, Andreas —añadió Theo.

Se detuvo un instante y entonces un destello de sorpresa cruzó sus pupilas.

«Suavidad rosada y natural... y Elizabeth Farley... ¡En la misma oración!», se dijo, sin dar crédito a aquel disparatado pensamiento.

¿Qué acababa de ocurrir?

—Ah, ahora lo recuerdo. Estabas haciendo tus exámenes. ¿Cuántos cumplías entonces, Ariana? ¿Treinta? –le preguntó con una inocencia fingida.

La sonrisa de Ariana se tambaleó un instante.

–Tenía unos veintitantos –le dijo ella.

–Sí, más o menos –dijo Theo, sin sentir remordimiento alguno por haber dado en uno de sus puntos débiles–. Por aquel entonces me gustaban mucho las mujeres mayores. Recuerdo que hubo un espectáculo de globos y también payasos.

–Era un mimo famoso –le dijo ella a Andreas–. Y Theo se quedó dormido.

–La edad no importa cuando estás enamorado –dijo Andreas rápidamente en un tono defensivo–. Y Theo nunca fue un crío. Nació con un teléfono en una mano y un contrato en la otra.

Theo aceptó la copa que le ofrecía su hermano, cerró la puerta detrás de él y respiró hondo para calmar la rabia que crecía en su interior.

Estaba dispuesto a encerrarle en el sótano si era preciso, pero seguramente sería capaz de encontrar una solución más imaginativa. La palabra «fracaso» no formaba parte de su vocabulario y esa actitud le había llevado a multiplicar por cuatro los beneficios de la prestigiosa multinacional de su difunto padre. Muchos le consideraban una de las figuras más influyentes de la década, y sin duda era un ejemplo a seguir para cualquier hombre que quisiera amasar su primer millón antes de llegar a los treinta.

–Bueno, ¿qué celebramos? –preguntó, mirando una vez más aquel ostentoso diamante–. ¿O acaso es una pregunta ridícula? –miró a su hermano Andreas–. Supongo que os tengo que dar la enhorabuena –añadió.

«¿Es que has perdido tu pequeña cabeza de burro, Andreas?», le dijo a su hermano, en la mente.

Ariana batió sus pestañas con fuerza y estiró la mano izquierda hacia él.

–Queríamos que fueras el primero en enterarte, Theo –dijo.

Sin embargo, no había sido el primero. La chica que a esas alturas debía de estar imprimiendo una nueva carta de dimisión ya estaba al tanto de todo.

–Oh, gracias –dijo Theo, pensando en el problema que se le venía encima. ¿Cómo podía hacerle ver a su hermano que era mucho más seguro casarse con una serpiente venenosa o con una piraña carnívora?

Si armaba un lío en ese preciso momento, probablemente se sentiría mucho mejor a corto plazo, pero eso era justo lo que Ariana quería y no estaba dispuesto a darle la satisfacción que ella buscaba. No iba a dejar que lo tachara de hermano celoso. Además, no fueron celos, sino náuseas, lo que sintió al ver cómo la agarraba de la cintura.

–Ariana ha aceptado casarse conmigo. Espero... Esperamos que esta situación no resulte incómoda –dijo Andreas, abrazándola con orgullo. La expresión de sus ojos parecía desafiante.

Theo guardó silencio un momento.

–Por lo que a mí respecta, no hay ningún problema. Enhorabuena.

El rostro de Andreas se relajó de inmediato.

–Voy a servir otra copa más para Beth, para que brinde también –dijo Andreas, visiblemente aliviado.

Theo levantó una mano.

–Yo se la llevó –dijo.

Antes de que su hermano Andreas pudiera decir nada, Ariana intervino.

–¿Beth? –preguntó, sorprendida–. ¿Quién es Beth?

–Beth... Mi secretaria, Beth. Pasaste por delante de ella al entrar. La has visto todas las veces que has venido.

–¡Oh, ella!

Theo la observó con atención mientras le restaba importancia a la joven Beth con una risotada despreciativa. Una simple secretaria monjil, nada que ver con una modelo glamurosa como ella.

–Oh, cariño, no sé si será buena idea invitar a tu ayudante a compartir este momento tan... familiar. Parece algo tímida y creo que se sentiría incómoda. ¿No te parece? –añadió Ariana, en su tono pedante de siempre.

Andreas se encogió de hombros.

–Supongo que tienes razón. Es un acontecimiento familiar.

A pesar de haber cedido fácilmente, Andreas no parecía muy convencido.

«Qué interesante...», pensó Theo. Seguramente Ariana se había dado cuenta de que la joven secretaria estaba locamente enamorada de su jefe. Por desgracia, a la chica no se le daba muy bien disimular y su mirada siempre la delataba. Además, la determinación con que había intervenido para dejarla fuera de la celebración, no dejaba lugar a dudas.

¿Acaso la consideraba una rival?

Theo hizo un esfuerzo por recordar la imagen de Elizabeth Farley. Un rato antes había estado muy lejos de ser una chica tímida, sobre todo después de gritarle y atacarle con sus mejores armas verbales. La novedad de aquella actitud rebelde e inesperada había dejado una huella en su recuerdo... Aquellos ojos grandes y expresivos, su rostro con forma de corazón y, por supuesto, aquellos labios llenos y firmes se habían quedado grabados en su memoria.

Seguía pensando que era más que improbable que hubiera habido algo entre Elizabeth Farley y su hermano Andreas. Sin embargo, si Ariana sospechaba de aquella chica que hacía parecer sugerente y voluptuosa a una monja, entonces lo que hubiera pasado o no carecía de relevancia.

Lo verdaderamente importante, en cambio, era que podría usar la inseguridad de Ariana a su favor... Mientras oía hablar a su hermano sobre los planes de boda, un plan perfecto comenzó a fraguarse en su mente...

Beth trató de hacer oídos sordos, pero fue inútil. Las voces provenientes del despacho contiguo llegaban hasta ella sin piedad y después, aquel horrible sonido del corcho que saltaba de la botella... Se llevó un sobresalto tan grande que borró de un plumazo la laboriosa página de datos estadísticos que le había llevado toda la mañana elaborar.

–¡Céntrate, Beth! –se dijo haciendo una mueca y dejando escapar las lágrimas.

Mordiéndose el labio inferior, se secó la solitaria lágrima que corría por su mejilla con el dorso de la mano.

–¿Y qué esperabas, idiota? ¿Pensabas que iba a seguir soltero para siempre? ¿Pensabas que iba a esperar por ti? ¡Como si eso pudiera ocurrir alguna vez! –se dijo, desesperada.

No tenía por qué haber sido tan malo. Beth intentó recuperar los datos perdidos. Si hubiera sido cualquier otra mujer... En realidad ninguna mujer era lo bastante buena para alguien como Andreas; una persona maravillosa, el marido perfecto... Sin embargo, cualquier otra hubiera sido mejor elección que aquella mujer... Ariana. De repente se vio asaltada por la imagen de la curvilínea rubia, tan perfecta y falsa. Aquel rostro impecable e imperturbable no podía esconder más que oscuridad. Había algo en Ariana Demetrios que resultaba profundamente inquietante, o mejor dicho, todo en ella resultaba sospechoso; desde su sonrisa de plástico hasta sus pechos de silicona.

«Pechos de silicona...», se dijo Beth, esbozando una sonrisa fugaz. Por lo menos tuvo un breve momento de satisfacción antes de volver a caer en el pozo de la miseria humana. Si Andreas se hubiera enamorado de cualquier otra, entonces se hubiera alegrado por él, o por lo menos se hubiera resignado sabiendo que iba a ser feliz. Pero la resignación no iba a llegar de ninguna manera.

Beth se llevó una mano al vientre y trató de acomodarse en la silla giratoria. Se sentía mal, asqueada... Todos sus sueños yacían en el suelo, hechos añicos... Una persona necesitaba ilusiones para vivir, aunque sólo fueran meras quimeras. Y aunque no había sido fácil soportar las continuas aventuras de Andreas con todas las rubias de infarto de la ciudad, por lo menos siempre le había quedado una pizca de esperanza; algo que ya no tenía. Él iba a casarse.

«Con esa víbora», se dijo, desesperada.

Por lo menos tenía intacto el orgullo. Andreas no sabía que se había enamorado de él con la primera sonrisa. Evidentemente, si hubiera tenido algo de sensatez entonces, hubiera salido por la puerta el primer día, pero...

«Mejor tarde que nunca», pensó, tocando la nueva copia de la carta que se había guardado en el bolsillo. En ese momento no era capaz de verlo, pero en realidad Andreas le había hecho un favor. Ya era hora de tener una vida, y también un novio de verdad. Tenía que empezar a pensar en el futuro y el primer paso para eso era entregar la carta de dimisión. Si buscaba otro trabajo, quizá tuviera tiempo para matricularse en ese curso de empresariales que llevaba tanto tiempo queriendo hacer.

–Sé positiva, Beth –se dijo en voz alta mientras trataba de recordar los documentos que Andreas le había pedido para el viernes.

No obstante, por mucho que intentara ver el lado positivo de todo aquello, no pudo evitar levantar la cabeza con un gesto triste al oír la suave voz de su jefe. Le oyó reír y entonces sintió el tono más grave y poderoso de su hermano.

Theo Kyriakis.

La expresión de Beth se endureció nada más recordarle. Nunca había sido capaz de entender cómo dos hermanos que apenas se llevaban cinco años de edad podían ser tan distintos. ¿Cómo era que la misma genética había sido capaz de producir dos seres totalmente opuestos en todos los sentidos? La única cosa que sí compartían, sin embargo, era su debilidad por cierta rubia modelo. El día anterior Andreas y Ariana habían salido juntos del edificio y, nada más hacerlo, habían desencadenado un revuelo de rumores y especulaciones que todavía seguía en pleno apogeo. Todo el mundo quería confirmar las sospechas y saber si realmente el hermano pequeño estaba saliendo con la mujer que había humillado a Theo Kyriakis públicamente.

Cuando le preguntaban, Beth fingía desconocer el asunto pero, igual que todos los demás, se preguntaba cómo reaccionaría un hombre tan egocéntrico como él al enterarse de la noticia. No obstante, a diferencia de la mayoría de la gente, sí entendía muy bien por qué Ariana prefería a Andreas antes que a su hermano mayor. Cualquier mujer hubiera elegido igual.

Al pensar en Andreas, su expresión se suavizó. ¿Por qué siempre lo tenían que comparar con su autoritario hermano? Era tan injusto... Andreas era un hombre indiscutiblemente apuesto. Tenía una constitución atlética, medía un metro ochenta, tenía el cabello castaño y ondulado y su sonrisa era simplemente encantadora. Si analizaban cada uno de sus rasgos al detalle, entonces resultaba evidente que era un hombre de una belleza clásica, nada que ver con su infame hermano. Sin embargo, aunque no compartiera la opinión, Beth no podía sino admitir que era Theo Kyriakis quien se llevaba todas las miradas femeninas cuando ambos hermanos entraban juntos en una habitación. La gente no se fijaba en la ligera asimetría de sus rasgos faciales. Estaban demasiado ocupados admirando sus extraordinarios ojos, sus pómulos esculpidos, su piel bronceada y sus indecentes labios carnosos. Obviamente, tenía la ventaja de ser unos cuantos centímetros más alto que su hermano pequeño. Tenía las espaldas anchas, unas largas piernas y un cuerpo atlético y bien torneado. No se podía negar que podía resultar increíblemente atractivo para aquellas mujeres a las que les gustaban los hombres sombríos y enigmáticos. Pero Beth no era una de ellas.

Al oír una risa de mujer, se sobresaltó y el rostro siniestro de Theo Kyriakis se esfumó de su mente. Apretó los dientes. Ariana era muy hermosa, pero su risa era escalofriante.

«Pero eso a Andreas le trae sin cuidado», pensó con desánimo. Los hombres en general siempre pasaban por alto esa clase de detalles cuando estaban bajo el hechizo de unos labios sensuales, una larga melena rubia y un cuerpo al que todo le sentaba bien.

–¿Te veo a las ocho, Theo? –dijo Andreas al abrir la puerta.

Tan tensa como un cable de electricidad, la joven clavó la mirada en la pantalla del ordenador.

–Toda la familia estará allí –añadió.

Incapaz de aguantar más, levantó la vista justo a tiempo para ver cómo Andreas rodeaba la estrecha cintura de su prometida con un gesto posesivo.

–¿Cómo iba a perdérmelo? –dijo Theo sin mucho entusiasmo.

Al oír el tono irónico de su hermano, Andreas se rió.

–Puedes traer a alguien si quieres.

Theo inclinó la cabeza con un gesto sarcástico.

–Te dejo todo el papeleo del contrato Crane, Beth. ¿De acuerdo, cariño? Y esas cifras... ¿Las tendrás listas para mañana a primera hora? –siguió adelante sin esperar una respuesta–. Necesitan los papeles de la reunión de esta mañana antes de que termine el día de hoy. Eres un cielo. No sé qué haría sin ti.

Beth levantó la vista. Por sus venas corría un torrente de resentimiento.

«Bueno, muy pronto vas a averiguarlo...», pensó con sarcasmo.

–¿Entonces a las ocho, Theo?

Beth se preguntó si Theo Kyriakis había percibido el tono ligeramente impositivo de su hermano.

«Por supuesto que sí», se dijo. Theo Kyriakis nunca pasaba nada por alto, a menos que se tratara de una nimiedad, como una secretaria insignificante... O ni siquiera eso. Durante mucho tiempo había sido completamente invisible para él... hasta ese día.

«Ojalá hubiera seguido siendo invisible».

–Allí estaré –dijo Theo, con una expresión impenetrable.

La feliz pareja abandonó el despacho, dejando tras de sí el eco de sus carcajadas y el rastro de la empalagosa fragancia de la futura señora Kyriakis.

¿Acaso aquel perfume evocaba recuerdos amargos para Theo Kyriakis? Si se hubiera tratado de cualquier otra persona, el corazón de Beth se hubiera encogido de tristeza, pero el mayor de los hermanos Kyriakis no se merecía ni una gota de empatía. Además, era más que improbable que hubiera algo de dolor verdadero detrás de aquel rostro sombrío e inflexible.

La joven tomó un montón de carpetas de un extremo del escritorio y las colocó en el otro lado, esperando que Theo Kyriakis se marchara rápidamente.

Pero no lo hizo.

Levantó la vista y se atrevió a mirarle a la cara. Él también la miraba fijamente.

Incómoda y algo nerviosa, Beth se acomodó en la silla y se subió las gafas con la punta del dedo. Esbozó un atisbo de sonrisa y volvió a centrarse en los documentos que estaban sobre su mesa.

–La botella está llena, por si quiere brindar conmigo a la salud de la feliz pareja –dijo él de repente, colocando una copa de champán delante de ella.

La joven trató de guardar las formas. En ese momento nada hubiera podido resultarle menos apetecible que aquella sugerencia.

–Tengo mucho trabajo, señor Kyriakis, y además, sólo soy una empleada –le recordó, sin atreverse a mirarle a la cara.

–¿Pero acaso no le gustaría ser algo más que eso?

Aquella inesperada pregunta la hizo ponerse tensa de

inmediato. En realidad no se trataba de una pregunta, sino de una afirmación.

–¿Por qué se empeña en vestirse así? –le preguntó, sin darle tiempo a contestar a la pregunta anterior.

Ya a la defensiva, Beth levantó la vista de una vez y se lo encontró mirando con desagrado el traje de franela gris que ella llevaba puesto.

–¿A qué se refiere? –preguntó ella. Tenía tres trajes idénticos en su armario y también una colección de blusas discretas para conjuntar.

Su abuela solía decirle que la calidad era más importante que la cantidad a la hora de elegir ropa y ella siempre le había hecho caso. Prudence Farley le había enseñado a su nieta cuáles eran las reglas de oro para vestir como una señorita respetable. Además, era cierto que a largo plazo siempre resultaba más rentable comprar prendas duraderas y discretas antes que ropa de moda de mala calidad. Sin embargo, a veces la ropa de moda podía resultar tan tentadora y llamativa...

Beth levantó la barbilla en un gesto desafiante y se llevó la mano a la garganta. Su blusa color crudo estaba abotonada hasta el cuello.

«¿Tres años sin saber que existo y ahora, de repente, está interesado en mi ropa?», se dijo, indignada.

–¿Puedo ayudarle en algo, señor Kyriakis? –le preguntó, sin mucho entusiasmo.

¿Acaso había estado bebiendo?

La prensa basura, siempre sedienta de escándalos, sólo había hablado de cierta debilidad por las rubias de piernas kilométricas; nunca de una tendencia alcohólica.

«Pero nunca se sabe...», se dijo la joven, mirándole con curiosidad. Aquellos rasgos duros y prepotentes no sugerían ningún tipo de debilidad o falta de control, a no ser por la sensualidad de sus labios carnosos... Consciente de un extraño cosquilleo que le subía por el vientre, Beth apartó la vista rápidamente y se encontró con su afilada mirada. Tomar algo con él no era una opción.

«Theo no aguanta tonterías de nadie», le había dicho Andreas en varias ocasiones.

–Creo que sí puede ayudarme en algo –dijo él.

Beth aguantó la sonrisa de cortesía como pudo. Había algo en aquellos oscuros ojos que no casaba con la mueca risueña que le tiraba de los labios.

–Pero su ofrecimiento cortés no es muy sincero. ¿O me equivoco? ¿La hago sentir incomoda?

–No. Por supuesto que no –dijo ella, mintiendo–. No quería ser grosera, pero es que tengo mucho trabajo que hacer.

Y era cierto. Probablemente no llegaría a casa hasta las siete, o las ocho... De pronto recordó la reunión con el director de la residencia. Su llamada se había convertido en una fuente de preocupación, sobre todo porque no había querido decirle de qué se trataba. Al parecer su abuela se encontraba bien, pero Beth no las tenía todas consigo. Algo le decía que se trataba de las tarifas del centro. ¿Acaso iban a subirle la mensualidad?

Lo de la residencia había sido idea de su abuela. Había esperado a tenerlo todo listo antes de darle la noticia, pero ella no se lo había tomado muy bien.

«Sólo será durante unas semanas», le había dicho su abuela, y ella había terminado cediendo.

Sin embargo, de eso ya hacía seis meses y su abuela no mostraba intención alguna de volver a casa. Según le decía, el lugar era como un hotel de cinco estrellas en el que nunca se sentía sola.

Había hecho muchos amigos allí y casi no echaba de menos su antigua casa, donde podía pasar más de una semana sin ver más que a su nieta y a la esposa del vicario.

A ella, por su parte, le encantaba verla tan entusiasmada por la vida. Sin embargo, no podía evitar preocuparse. El coste de la residencia también era igual al de un hotel de cinco estrellas, pero su abuela no parecía haberse dado cuenta de que sus ahorros se habían agotado en los tres primeros meses, y ella trataba de disimular cada vez que surgía el tema porque no quería preocuparla. No obstante, hacer frente a los pagos se había convertido en una batalla constante por llegar a fin de mes, y Beth apenas podía mantener la enorme mansión victoriana que había sido el hogar de su abuela. En esos momentos sólo ocupaba tres de las muchas estancias que tenía el caserón, pero, aun así, los gastos eran cada vez más difíciles de asumir.

Una pesadilla... El director de su banco, por el contrario, pensaba que ésa iba a ser su «fianza».

«Pero si yo no estoy en la cárcel...», le había dicho ella con inocencia.

Y entonces él le había dicho:

«Todavía no...».

No sabía si era una broma o no, pero aquellas predicciones funestas nunca habían conseguido hacerla cambiar de opinión. No estaba dispuesta a vender la propiedad. La casa donde su abuela había sido tan feliz junto a su esposo seguiría ahí para ella.

El director del banco, en cambio, era incapaz de entender su intransigencia, por mucho que dijera lo contrario.

—Señorita Farley, entiendo su postura, pero no está siendo nada práctica. Se lo diré claro. Su abuela es una señora muy mayor y es más que improbable que regrese a casa. Y estas cifras... —le había dicho con un suspiro, mientras ojeaba los papeles—. Me temo que no puede pagar la manutención de su abuela.

En un intento por aliviar la tensión, Beth había hecho una broma.

—Bueno, unas cuantas horas extra no me vendrán mal. Así perderé algo de peso.

Pero el director del banco no se reía.

—Me parece que no tiene elección. Cuando su abuela le dio el poder notarial, estaba pensando en una situación como ésta.

Beth le dio las gracias por aquellos consejos bienintencionados, pero no dio su brazo a torcer. La posibilidad de vender la casa estaba fuera de toda discusión posible. Su abuela amaba aquel lugar tanto como ella. Aquella flamante mansión poseía, en la jerga de los agentes inmobiliarios, una gran riqueza histórica, aunque careciera de comodidades modernas. Además, ése había sido su hogar desde la muerte de sus padres en un accidente de tren.

–¿Quiere que me vaya para que pueda llorar en privado? –dijo Theo Kyriakis de repente.

Aquella pregunta insolente la hizo volver a la realidad como una bofetada en la cara.

–No sé qué quiere...

Él la interrumpió con un gesto impaciente.

–Está enamorada de mi hermano.

Capítulo 3

B ETH SINTIÓ que la sangre huía de sus mejillas.
—¡Eso es una estupidez! —le gritó, insultada.
Él levantó las cejas en un gesto burlón y cínico.

—No sabía que fuera un secreto. Mis disculpas.

Haciendo acopio de toda su fuerza de voluntad, Beth
mantuvo la cabeza bien alta. Se quitó las gafas, que no
dejaban de resbalársele sobre el puente nasal, y lo fulminó con una mirada de puro odio.

—¡No quiero sus disculpas, ni tampoco su endiablado
sentido del humor!

Theo la observó con atención. Seguía muy lejos de
ser una belleza, pero la transformación era extraordinaria. Si su hermano Andreas la hubiera visto así, con las
mejillas encendidas, jadeante, y con chispas en los ojos,
entonces sin duda se hubiera fijado en ella.

—Andreas se acaba de comprometer con una mujer
preciosa. A lo mejor prefiere regodearse en su propia miseria y adorar la foto que lleva en la cartera —le espetó
con sarcasmo, viéndola desviar la mirada hacia el bolso
que estaba a su lado—. No. Tan sólo lo he adivinado. No
he estado hurgando en su bolso.

—¿Se supone que es una broma? —le preguntó ella,
cada vez más nerviosa.

No había nada que temiera más que convertirse en el
hazmerreír de la empresa. ¿Acaso era un secreto a voces? ¿Acaso lo sabía todo el mundo?

Trató de reunir la poca dignidad que le quedaba y levantó la frente. No iba a dejarse apabullar por un hombre
como Theo Kyriakis.

–Trabajo para su hermano –le dijo con frialdad–. No tenemos ningún tipo de relación personal... No como usted y su... –se detuvo de repente, sin dar crédito a las palabras que acababan de salir de su boca.

Él la traspasó con una mirada desafiante y desdeñosa, y ella sintió un gélido escalofrío que la recorrió de arriba abajo. Theo Kyriakis debía de tener el alma tan negra como la mirada.

–¿Acaso se refiere a mi relación con la encantadora Ariana? –le preguntó, arqueando una ceja–. Eso fue hace mucho tiempo.

«Maldito bastardo», se dijo Beth. ¿Por qué no lo dejaba pasar sin más? Una ola de calor le abrasó la piel. Si él se había dado cuenta, entonces quizá Andreas... también lo sabría.

De pronto sintió una presión en el corazón y, falta de aliento, se llevó una mano al pecho y se abrió un poco el cuello de la blusa.

Observándola en todo momento, Theo no pudo evitar desviar la vista hacia esos escasos centímetros de piel blanca que acababa de descubrir. Una vena inflamada palpitaba furiosamente en su cuello.

–El pasado suele influir en el presente –tomó una silla de un rincón y se sentó frente a ella a horcajadas, colocando las manos sobre el respaldo.

Cansada de aquella conversación agotadora, Beth bajó la vista y contempló sus manos. Eran unas manos fuertes, pero elegantes.

«Por favor, vete de una vez...», repetía sin cesar en su mente.

Él estaba jugando al gato y el ratón con ella, y sin duda debía de obtener algún retorcido placer viéndola sufrir.

–Sospecho que una buena parte de la atracción que mi hermano pequeño siente por Ariana se debe a mi antigua relación con ella. Es muy competitivo.

Beth levantó la cabeza bruscamente y casi estuvo a

punto de tirar al suelo las carpetas que estaban sobre el escritorio con el movimiento de sus manos temblorosas.

–¿Que él es competitivo? –exclamó, incrédula, contemplando al hombre que estaba sentado delante de ella con ojos de asombro. Era evidente que en ningún momento se le había pasado por la cabeza pensar que ella pudiera preferir a Andreas antes que a él.

«¡Dios mío! ¿Cómo se puede tener un ego tan grande?», se dijo.

Theo guardó silencio y entonces esbozó un amago de sonrisa cínica que no dejó indiferente a la joven. Había algo muy sensual en aquellos labios que no pasaba desapercibido; algo que intensificaba el cosquilleo que sentía en el vientre.

–De acuerdo, es... Es algo entre hermanos –añadió él en un tono casual.

Beth se obligó a apartar la vista de los labios de Theo Kyriakis. Siempre se había sentido incómoda con su presencia, incluso cuando la ignoraba por completo. Pero las cosas siempre podían empeorar y tener su atención era todo un calvario. Aquella absurda conversación, aunque normal para una mente retorcida como la de él, no hacía sino llevar a un extremo insoportable la aversión que sentía por él, hasta el punto de querer salir corriendo.

–Ése es su problema, no el de Andreas –le dijo, sintiendo una gran impotencia al ver que no era capaz de identificar aquella extraña emoción que parpadeaba en sus oscuras pupilas. Casi hacía falta un acto de fe para creerse que Andreas y él pudieran ser hermanos.

Andreas era un día soleado, mientras que el hombre que estaba ante ella era una noche cerrada, oscura, impenetrable, peligrosa...

–No puedo sino reconocer que conoce muy bien a mi hermano –dijo él, inclinando la cabeza sin abandonar la pose sarcástica y arrogante que era su estado natural–. Es evidente que es toda una experta en el tema –añadió en un tono de voz que le ponía los pelos de punta.

La miró fijamente y trató de descifrar la expresión de su rostro. A lo mejor su hermano le había dado un beso en la mejilla en alguna ocasión. ¿O acaso habían llegado más lejos? Rápidamente rechazó aquella idea disparatada que acechaba desde un rincón de su mente. Por algún extraño motivo, las imágenes que aparecían en su mente eran mucho más turbadoras que el recuerdo auténtico del beso de Ariana y su hermano. Quizá Elizabeth Farley estuviera mucho mejor sin toda esa ropa horrorosa, pero Andreas no era de los que se molestaban en mirar más allá de las apariencias. Sin embargo, Ariana sí tenía la intuición de la que él carecía. Sin duda la espectacular rubia veía una amenaza en potencia en aquella chica menuda e insignificante, así que... A lo mejor su hermano se sentía atraído por ella. ¿Era posible que no se hubiera dado cuenta siquiera?

Beth apretó los dientes y entonces sintió un efluvio de calor en las mejillas. Nada deseaba más en ese momento que borrarle la sonrisa cínica de los labios con una bofetada.

–No... No. No quería decir... Yo... Cuando trabajas mucho tiempo con alguien llegas a conocerle muy bien. Tenemos mucha confianza.

Al darse cuenta de la sórdida interpretación que Theo Kyriakis podía darle a sus palabras, Beth se sonrojó hasta la médula. Las mejillas le ardían como si estuvieran en llamas.

–Pero no se trata de la clase de confianza que... –se apresuró a añadir, pero él la hizo callar con un gesto.

–Usted cree que Andreas está muy por encima de una nimiedad como la rivalidad entre hermanos. Cree que es muy noble y...

–Creo que está enamorado.

–¿Y usted cree que lo sabe todo sobre el amor?

Ella lo miró con un gesto de perplejidad. La bola de miseria y frustración que le agarrotaba la garganta se disolvió de repente, lanzando chispas de rabia por todo su ser. Theo

Kyriakis jamás hubiera sabido lo que era estar en su piel, sufrir lo que ella había sufrido. Se puso en pie violentamente y la silla salió lanzada hacia la pared de atrás.

–¡Sé mucho más de lo que usted sabe! –le gritó, fuera de sí.

Él no pareció ofenderse.

–Entonces va a aceptar la situación y a marcharse sin más. ¿No quiere luchar por él?

–¿Y qué me sugiere que haga? Mire, puede que usted no tenga nada que hacer, pero creo que esta broma ya ha llegado demasiado lejos...

Theo se incorporó, pero no hizo amago de marcharse. Se pasó una mano por el cabello y la miró de arriba abajo.

–En realidad sí tengo una sugerencia que hacerle. Podría vestirse como una mujer y no como una vieja bibliotecaria.

Un latigazo rabioso sacudió las entrañas de Beth.

–No voy a fingir ser alguien que no soy.

–Admirable... Pero ¿cree que Ariana tendría ese aspecto sin hacer un gran esfuerzo? No estoy hablando de operaciones o inyecciones, pero... ¿Nunca ha oído eso de que no hay recompensa sin dolor? Bueno, en el caso de Ariana es más bien «no hay belleza sin pasar hambre», por así decir.

–¡Pero ella es una mujer de constitución delgada!

–Realmente es usted una ingenua –dijo él, sacudiendo la cabeza.

Beth apretó los dientes.

–Si estuviera enamorada de su hermano, lo cual no es cierto, me alegraría mucho por él –le dijo.

–Y eso la convierte en una persona increíblemente generosa, aburrida y mentirosa.

Una nueva oleada de color inundó las mejillas de Elizabeth Farley y Theo la observó con atención. No llevaba maquillaje alguno, pero, en realidad, alguien con una piel tan tersa e inmaculada no lo necesitaba.

–¿No se da cuenta de que esa forma de pensar no resulta nada estimulante para la mayoría de los hombres?

Beth lo fulminó con una mirada despreciativa.

–No soy una persona totalmente desinteresada, pero prefiero ser así antes que ser una egoísta insufrible –le espetó con toda intención, sin pensar en las consecuencias de insultar a un hombre como Theo Kyriakis.

Aquel hombre tenía una reputación temible, y ella sabía con seguridad que no tendría ningún reparo en echar a una simple secretaria. Quizá Andreas tratara de impedirlo, pero ella lo había visto ceder ante su hermano en muchas ocasiones y no albergaba ilusión alguna al respecto. Andreas jamás se hubiera enfrentado a su hermano para salvarla.

–La santa tiene garras –le dijo él con un gesto divertido en la cara.

«Y también unos ojos preciosos», dijo una voz en su interior. Sin gafas la joven ganaba muchos puntos.

De haber sido cualquier otra persona, hubiera pensado que eran lentes de contacto, pero Elizabeth Farley se esforzaba demasiado por pasar desapercibida como para usar semejante artificio de belleza. Aquellos increíbles ojos verdes con llamaradas color ámbar tenían que ser auténticos.

Consciente de su intensa mirada, Beth deseó que la tierra se la tragara en ese preciso instante. Sin embargo, aguantó la situación con valentía y no sucumbió a la tentación de esconder el rostro detrás de la cortina de pelo que lo rodeaba. Estiró una mano y se sujetó el pelo detrás de la oreja. Su abuela solía decirle que tenía un pelo precioso, pero ella siempre había soñado con tener el cabello rubio o pelirrojo; cualquier cosa menos aquella copiosa mata de pelo castaño, sosa y corriente.

–Él no la ve como a una mujer. La ve como parte del mobiliario de las oficinas.

Beth aguantó la respiración. Era como si alguien acabara de darle un duro golpe en la cara. Theo Kyriakis usaba su lengua viperina con una precisión quirúrgica y siempre daba donde más dolía.

¿Cómo podía ser tan cruel?

–¿Cree que mi hermano sabe de qué color son sus ojos? Usted es una pieza muy útil para él. Sabe que hará lo imposible por complacerle –se detuvo, satisfecho. Había dado en el clavo.

Beth creyó que iba a desmayarse allí mismo. La expresión de su rostro era la de un niño al que acababan de decirle que Papá Noel no existía.

Theo se dio cuenta y, por primera vez en mucho tiempo, sintió una pizca de culpa. Hacía mucho tiempo que nadie conseguía hacerle sentir algo parecido al arrepentimiento. Sin embargo, sólo era una pizca... Ni más ni menos. ¿Por qué iba a sentirse culpable por decirle la verdad? Quizá había sido un poco brusco, pero en realidad no había hecho más que abrirle los ojos.

¿Cómo podía idolatrar a su hermano Andreas de esa manera? Alguien tenía que hacerla entrar en razón. Estaba desperdiciando su vida, llorando por un hombre como la heroína de una novela romántica; un hombre que ni siquiera sabía que ella existía.

–Tiene razón.

Aquella repentina afirmación lo hizo mirarla fijamente. Estaba muy pálida, pero parecía haber recuperado la compostura.

–Estoy enamorada de Andreas y, sí. Él ni siquiera sabe que existo, al menos no de esa manera. Pero ya no tiene importancia, porque me voy –se encogió de hombros–. Y el problema se va conmigo.

Theo sintió una admiración inesperada. A pesar de sus carencias, no podía sino reconocer que Elizabeth Farley tenía muchas agallas.

–Excelente. Ahora sí nos entendemos.

Beth volvió a sentarse, sin dejar de mirarle a la cara. Theo había vuelto a sorprenderla una vez más. En lugar de atacarla con su inagotable munición de comentarios incisivos, había decidido guardar silencio en esa ocasión, y su rostro había vuelto a cerrarse con una expresión enigmática.

—¿Y de qué manera nos estamos entendiendo? –le preguntó ella con escepticismo.

—Ambos, por razones distintas, pensamos que sería un error que Andreas se casara con Ariana –bajó la cabeza y esperó una respuesta.

—Eso no tiene nada que ver... –al ver su mirada sarcástica la joven se detuvo en mitad de la frase–. De acuerdo –le dijo, cediendo–. No creo que Ariana sea lo bastante buena para Andreas.

—Es una serpiente.

—Pero creo que usted no pensaba lo mismo en el pasado –dijo ella, sosteniéndole la mirada a pesar del rubor que teñía sus mejillas–. Bueno, estuvo a punto de casarse con ella –añadió, a la defensiva.

—Andreas se interesa por cualquier mujer a la que yo encuentre atractiva. Si usted y yo fuéramos amantes, entonces sería irresistible para él.

De pronto Beth tuvo una visión de su atlético cuerpo masculino, bronceado y poderoso... A lo mejor no fue muy aproximado, pero sí bastó para hacerla sonrojarse aún más.

—Bueno, y volviendo al planeta Tierra...

—¿No le gustaría que Andreas se fijara en usted como mujer? –le preguntó él, recorriendo su cuerpo con la mirada muy lentamente, deteniéndose con descaro allí donde había una mera insinuación de curvas.

—Yo... –dijo ella, profundamente turbada. Su corazón latía como una bomba.

—Tengo una propuesta que hacerle. ¿Está dispuesta a escucharme hasta el final?

Beth lo miró con desconfianza.

—¿Y si digo que no?

Él soltó una carcajada.

–No lo hará. Ambos tenemos motivos para terminar con este compromiso.

Aunque no dijera nada más, no hacía falta ser un genio para averiguar cuáles eran esos motivos. Theo Kyriakis seguía enamorado de su antigua novia y volver a verla había hecho despertar sentimientos olvidados. Sin duda estaba decidido a arrebatársela a su hermano y a recuperar su amor.

«Buena suerte. Sois tal para cual. Lo que os merecéis», se dijo Beth.

–Si aunamos fuerzas, creo que podríamos acabar con esto –le dijo él con una determinación y una seguridad que no dejaban lugar a dudas–. Necesitará ropa nueva, ir a la peluquería y muchas otras cosas más... –arrugó la expresión de los ojos, como si imaginara aquello de lo que estaba hablando–. Creo que puede funcionar.

–¿Para qué voy a necesitar todas esas cosas? –preguntó ella, impaciente por saber adónde quería llegar.

–Esta noche hay una celebración. Iremos juntos, como pareja, y tantearemos el terreno.

Pensando que era una broma, Beth esperó el remate del chiste, pero él guardó silencio.

–Dios mío... Lo dice en serio. ¡Se ha vuelto loco!

–En muchas ocasiones la locura y la inspiración son la misma cosa –dijo él, impasible.

–¡Inspiración! –ella sacudió la cabeza–. Eso no es inspiración. ¡Está loco de remate! Nadie se creería que somos pareja.

–Sí se lo creerían. Confía en mí, Elizabeth –le dijo, llamándola por su nombre de pila.

Ella lo miró con los ojos como platos. Parecía tan convencido y persuasivo como un político durante las elecciones.

–Cuando éramos críos, Andreas siempre quería mi helado de vainilla –le dijo en un tono casual.

–Pero yo no soy un helado de vainilla.

–Pero eres, podrías ser... una mujer atractiva.

Aquel comentario no era más que una opinión de experto; desprovisto de carga sexual. Y sin embargo, Beth no pudo evitar sentir una pequeña ola de emoción.

¿Y si tenía razón? ¿Podía llegar a ser hermosa?

La joven sacudió la cabeza y adoptó una expresión despreciativa.

–¿Tienes algo que perder?

–Esto está muy lejos de ser algo digno y cuerdo.

–Pero tú quieres a Andreas. ¿Serás capaz de perdonarte si no lo intentas?

Beth comenzó a moverse en la silla, cada vez más inquieta. Por su rostro desfilaban miradas de confusión y desconcierto.

Theo la observó con atención durante unos segundos y finalmente asintió con la cabeza, satisfecho. Había cerrado muchos acuerdos de negocios durante toda su vida; demasiados como para no saber que Elizabeth Farley acabaría entrando en el juego...

Capítulo 4

TIENES QUE hacer que Andreas piense en ti como mujer.

Ella lo fulminó con una mirada iracunda.

–¿Y cómo se supone que piensa en mí ahora?

–Ahora piensa en ti como en Angela Simmons.

Beth lo miró fijamente durante un rato y al final no tuvo más remedio que preguntar lo evidente.

–De acuerdo, ¿quién es Angela Simmons? –preguntó, suspirando.

–Los dos fuimos a un internado inglés exclusivo. Angela era la chica que le escribía todos los ensayos de historia, hasta que los pillaron.

Más que el fraude académico de su hijo, lo que más había escandalizado a su padre había sido enterarse de que el colegio al que habían asistido tres generaciones de herederos Kyriakis se había convertido en un centro mixto de la noche a la mañana.

«Theo no tolera la autoridad ni tampoco acepta el juego en equipo...». De repente aquellas palabras, escritas por su antiguo profesor en su boletín de notas, saltaron como un resorte de entre sus recuerdos. En aquella ocasión su padre se había enfadado aún más que con lo de su hermano Andreas. Aquel comentario era más que frecuente en el apartado de observaciones, y su padre siempre se ponía furioso. Muchas veces había intentando erradicar aquella vena rebelde de la personalidad de su primogénito, pero sin mucho éxito. Theo, por su parte, no le guardaba rencor por aquella actitud. Había sido un padre duro, pero bueno, y todo lo había hecho por el bien de su hijo mayor. Siempre había creído que era su misión prepararle para un destino digno del heredero Kyriakis.

«Un gran poder implica una gran responsabilidad...», el eco de la voz de su padre retumbó en su cabeza. «No naciste líder, Theo, pero podemos convertirte en uno...», solía decirle también, y Theo sabía que en esos momentos pensaba en su hermano mayor. Niki había encontrado la muerte demasiado pronto; Niki, el que sí había sido un líder nato, el que nunca había avergonzado a su padre con exabruptos emocionales, la persona encantadora y admirada por todos... Niki no solía pasar el tiempo solo en el estudio de arte. Niki era el capitán del equipo del colegio, el que los había llevado a la victoria.

Niki estaba muerto, por su culpa. Nadie se lo había dicho nunca, pero todos lo pensaban, y él también.

De repente volvió al presente y se encontró con la fría mirada de Beth.

—Andreas no le pagaba, ni tampoco la trataba mal. Ella simplemente quería complacerle porque lo adoraba.

—¿Me está comparando con una adolescente?

—Tenían siete años.

—¿Siete? ¿Lo enviaron al internado a los siete? –preguntó Beth, pensando que a esa edad ella todavía se metía en la cama de su abuela en mitad de la noche por miedo a la oscuridad.

—A los dos.

—¡Eso es demasiado! –exclamó.

Theo se encogió de hombros sin darle más importancia. Sin embargo, si alguna vez llegaba a tener un hijo, no estaba dispuesto a seguir con aquella tradición Kyriakis.

—En otra ocasión estaré encantado de escuchar tu opinión sobre la crianza de los hijos, pero...

Beth apretó los labios y pensó en el insulto que hubiera querido decirle en su cara.

—Supongo que eso le convirtió en el hombre que es ahora.

Un hombre hecho a la medida del mundo cruel en el que se desenvolvía; infalible en los negocios, pero insufrible en el ámbito personal. Bastaba con mirarle una vez para saber que Theo Kyriakis no daba nada gratis... Ni siquiera en la cama. Aquel pensamiento inesperado la hizo ruborizarse. ¿De dónde había salido?

—Así es, pero... Estoy de acuerdo contigo —dijo él de repente, tomándola por sorpresa.

—¿En qué? —preguntó Beth, tratando de ahuyentar aquel turbador pensamiento. Él no tenía forma de saber lo que pasaba por su mente en ese momento.

—Lo de enviar a los hijos a un colegio interno es una costumbre un tanto retrógrada. Yo nunca le haría algo así a mi hijo —añadió, preguntándose por qué se molestaba en darle tantas explicaciones a una simple secretaria.

—¿Su hijo? —repitió Beth, sorprendida; imaginándose con un bebé de piel dorada y pelo oscuro en brazos. Parpadeó rápidamente y la imagen se disolvió ante sus ojos.

—En la familia Kyriakis no se considera tan importante que las hijas desarrollen cualidades como la dureza o la independencia.

—Entonces su función es tener hijos.

—Y adornar —añadió Theo con contundencia—. Pero en nuestro caso sólo fuimos tres varones, nada de chicas.

—¿Tres? —exclamó Beth, asombrada. Era la primera vez que oía hablar de un tercer hermano.

Algo brilló en los ojos de Theo, pero al hablar no había ni rastro de emoción en su voz.

—Niki era el mayor. Murió cuando me enviaron al internado.

Entonces no había sido capaz de expresar el profundo dolor que había sentido y todos habían malinterpretado su silencio.

—Andreas nunca me ha hablado de él —dijo Beth.

Él sólo hablaba de Theo. Había pasado toda la vida a la sombra de su hermano mayor.

—¿Y por qué tendría que hacerlo? —dijo Theo. Tras la

muerte de su hermano nadie podía mencionar su nombre en presencia de su padre porque, si lo hacían, entonces éste se encerraba en su despacho y no salía durante días.

–Sólo soy una simple secretaria.

Él la miró con ojos de exasperación.

–¿Por qué tienes que estar a la defensiva todo el tiempo? Esas espinitas que tienes clavadas no resultan muy atractivas.

Beth ignoró la pulla y esbozó una sonrisa ecuánime.

–Si la alternativa es estar de acuerdo con todo lo que usted dice, entonces sí.

–Mi hermano nunca lo ha mencionado porque fue algo que ocurrió cuando no era más que un bebé. Yo no le daría mucha más importancia. Un hombre no suele sentir la necesidad de revelar muchos detalles acerca de su vida, aunque cuando estéis juntos, seguramente te confiará hasta sus más íntimos secretos –añadió en un tono sarcástico, preguntándose por qué las mujeres se empeñaban en saberlo absolutamente todo de su pareja.

–Pero usted lo ha hecho.

–Yo... –Theo se detuvo. Ella tenía razón.

Tras seis meses de relación, mutuamente satisfactoria, la hermosa Camilla no había llegado a saber nada acerca de sus gustos fuera del dormitorio, y él tampoco había sentido el deseo de confiarle sus secretos. Sin embargo, la comparación no era muy buena. Elizabeth Farley no era mujer para él aunque, a juzgar por la fascinación con la que no dejaba de mirar sus labios sensuales, ya era hora de buscarle una sustituta a la espléndida Camilla.

Theo terminó con la conversación sacándose el teléfono del bolsillo. Marcó un número y, mientras esperaba a que contestaran, miró el reloj.

–Ahora son las once, así que tenemos ocho horas.

–¿Ocho horas para qué?

–Para convertirte en la mujer de los sueños de mi hermano.

Beth lo miró con ojos perplejos. Hasta ese momento

pensaba que el cambio consistiría en comprar un simple vestido nuevo de camino a casa.

–¿De qué estás hablando? –le preguntó, sin molestarse en guardar las formas. Si él la tuteaba, ¿por qué ella no?

Él la hizo callar con un gesto.

–Nicola... –dijo, hablando por el auricular–. No, no. Deja eso por hoy. Tengo un trabajo para ti –miró a Beth–. No será fácil, pero creo que estás a la altura.

Con chispas en los ojos, Beth lo vio caminar de un lado a otro de la habitación mientras hablaba por el teléfono. Theo Kyriakis repartía órdenes sin parar, firme e implacable.

–Muy bien. Entonces todo está arreglado.

–¿Qué está arreglado? –se atrevió a preguntar ella, cada vez menos convencida con todo aquello.

«Nunca lo sabrás si no lo haces...», le susurró una vocecilla desde un rincón de su mente.

–Tienes una cita en el salón de belleza. Cabello, maquillaje, vestuario apropiado...

Mientras le escuchaba, Beth se ponía cada vez más seria. Una cosa era soñar que podía deslumbrar a Andreas con su belleza, pero la realidad podía llegar a ser algo muy distinto.

Theo fue hacia la puerta, dando por hecho que ella iría tras él, pero la joven se quedó donde estaba.

–¿Hay algún problema? –le preguntó al llegar al umbral, dando media vuelta y frunciendo el ceño.

–Tengo mucho trabajo que hacer. No puedo irme sin más a media mañana.

–Tu dedicación es admirable, pero la persona que te paga el sueldo te da permiso para salir antes. De hecho, insisto en ello.

Aquella réplica prepotente encendió el orgullo de Beth.

–Hasta que me vaya es Andreas quien me paga –dijo ella, inflexible–. Además, ¿cuánto tiempo me puede llevar arreglarme?

Normalmente estaba lista en menos de diez minutos.

–Yo soy quien paga el salario de Andreas –dijo él. Fue hacia el escritorio de la joven y le apagó el ordenador–. Y si haces lo que te digo, no tendrás que irte.

Beth lo taladró con la mirada.

–Esto no va a funcionar y los dos lo sabemos.

–¿Quieres pasarte el resto de tu vida preguntándote si podría haber sido? –le dijo en un tono provocador–. ¿O eres de las que se arman de valor y van a rescatar a su príncipe?

Beth sacudió la cabeza.

–Eres un manipulador... –se detuvo antes de decir algo irremediable. Se mordió la lengua y lo miró con desprecio–. Si no fuera una persona educada...

Él se rió al verla tan ofuscada y ruborizada.

–Esa clase de educación no suele gustar a los hombres, Elizabeth.

–Pero no todos los hombres son tan desagradables como tú –dijo ella.

–Me parece que te vas a arrepentir de tus palabras. Todos lo son. Bueno, dejemos lo de la educación a un lado. Creo que son tus otras... cualidades las que necesitan ciertos arreglos.

Beth apoyó las manos en las caderas y levantó la frente.

–No hace falta que te andes con rodeos a estas alturas. Si estás tratando de decirme que no soy una mujer sexy, adelante. No es nada nuevo para mí.

Él la miró de arriba abajo con un extraño brillo en los ojos que la hizo estremecerse de pies a cabeza.

–Bueno, por algo se empieza. Sigue pensando en cómo eres ahora y ya tendremos algo ganado.

–¡Lo que estoy pensando es que eres un tipo odioso e insufrible!

La expresión burlona de Theo se volvió más intensa.

–Bueno, Elizabeth, por mucho que intentes evitarlo, creo que ya te empiezo a gustar un poco.

–Claro que sí. Eres mi héroe.

Capítulo 5

NICOLA... Ése era el nombre de la joven. Profundamente impresionada por la esbelta rubia que Theo acababa de presentarle, Beth apenas se fijó en la descomunal limusina que acababa de detenerse frente a ella.

El chófer, vestido de uniforme, bajó del vehículo y le abrió la puerta. ¿Tenía que subir? Beth se detuvo, vacilante, y entonces miró a Theo, pero él estaba demasiado ocupado hablando con la joven. Hacían una pareja tan llamativa... De repente pensó que el plan de Theo tendría muchas más posibilidades de funcionar si elegía a una mujer como Nicola para seducir a Andreas. De hecho, ¿por qué no la había escogido? A juzgar por lo que había visto hasta ese momento, era muy poco probable que ella le hubiera dado un «no» por respuesta. La chica se comportaba como si estuviera dispuesta a hacer cualquier cosa por su jefe.

A lo mejor era más que un jefe... Beth esbozó una sonrisa cínica. No era asunto suyo saber si se acostaban juntos o no, aunque de ser así, no era un comportamiento muy profesional.

Miró al conductor y subió al coche.

—¡Vaya! —exclamó al mirar a su alrededor y enseguida trató de guardar las formas.

El chófer sonrió al oírla.

—Muy bonito —añadió en un tono casual e indiferente que no resultaba muy convincente. No era fácil fingir estar acostumbrado a semejante derroche de opulencia.

Un momento después la preciosa Nicola entró en el

vehículo, sola. La limusina emprendió la marcha y entonces Beth ya no pudo ignorar más sus propios reparos.

–No sé si esto es una buena idea.

–Relájate –le dijo Nicola–. Y disfruta –la miró con ojos profesionales–. Theo tiene razón. Tienes mucho potencial –añadió en un tono de sorpresa y le apartó un mechón de pelo de la cara.

Beth se apartó un poco.

–¿También quieres que te enseñe los dientes? –preguntó, esbozando su mejor sonrisa sarcástica.

La joven rubia se sorprendió y entonces se echó a reír.

–¿Estabais hablando de mí hace un rato? –nada más hacer la pregunta, Beth se detuvo, consciente de que no tenía ningún sentido.

–Es una pena que no seas más alta, pero... –sin terminar la frase, la joven volvió a acomodarse en su asiento. Se sacó una polvera del bolso y empezó a retocarse el carmín de los labios.

Beth la observó con atención y fue entonces cuando se dio cuenta de que, a pesar de la impresión inicial, la joven no era tan hermosa como parecía. Más bien era llamativa, elegante, refinada y muy segura de sí misma. ¿Cuál era la relación que tenía con su jefe? ¿Acaso era su amante? De pronto una extraña imagen se cruzó en sus pensamientos. Largas piernas enroscadas alrededor de una poderosa cintura, piel bronceada, gemidos suaves, suspiros...

Rápidamente disolvió la visión que la atormentaba y se tocó las mejillas, que en ese momento ardían de rubor. ¿Era envidia lo que sentía?

Sí. Envidiaba aquel derroche de confianza, su porte pausado...

La escultural rubia sonrió complacida al ver el resultado final en el reflejo del espejito y entonces cerró la polvera.

–Relájate... Esto va a ser divertido –le dijo a Beth,

pasándose una mano por el cabello. Lo llevaba muy corto y teñido de rubio platino.

«Eso es fácil de decir...», dijo Beth para sí, pensando que estaba descargando su frustración en la persona equivocada.

–No es precisamente la idea que tengo de diversión.

La joven se encogió de hombros y justo en ese momento comenzó a sonarle el móvil.

–No. No me sirve –dijo después de escuchar lo que le decían desde el otro lado de la línea –cerró los ojos un instante y entonces escuchó durante unos cuantos minutos.

A juzgar por la expresión de su rostro no parecía muy satisfecha.

–¿Y tú se lo vas a decir? Yo creo que no –añadió al final en un tono sarcástico, visiblemente exasperada.

Pasó un buen rato con el teléfono pegado a la oreja, hablando de vez en cuando y discutiendo con el interlocutor.

–Lo siento –le dijo a Beth cuando colgó por fin.

–¿Era... él? –preguntó Beth.

–¿Theo? –Nicola se echó a reír.

–¿Llevas mucho tiempo trabajando para él?

–¿Quieres decir para Theo?

Beth asintió con la cabeza y se preguntó por qué se resistía tanto a pronunciar su nombre.

–Tres años.

–Yo también llevo tres años trabajando para Andreas, pero sólo soy una secretaria. Claro.

–Sólo una secretaria. No existe tal cosa. Las secretarias siempre terminan haciendo algo más.

Beth puso los ojos en blanco, buscando paciencia.

–Algo me dice que eso es lo que dice Theo. ¿Una de sus frases?

Nicola sonrió y se encogió de hombros.

–En realidad yo también era secretaria.

Beth la miró con ojos de asombro.

–Pensaba que eras una especie de recién graduada aventajada.

–No. Yo nunca he sido muy erudita, y ahora... –le lanzó una mirada cómplice a Beth–. Estás pensando que llegué al lugar en el que estoy acostándome con todos, ¿no? –le preguntó, sin parecer incómoda o molesta.

–No, realmente yo...

–Mi antiguo jefe solía darme palmaditas en la espalda para después robarme las ideas.

–Andreas no es así –dijo Beth, a la defensiva.

–Me alegro de que sea así, pero yo no tuve tanta suerte, así que cuando me enviaron a sustituir a la asistente de Theo, esperaba más de lo mismo.

–Pero no tuviste lo mismo, ¿no? –preguntó Beth, sintiendo curiosidad.

Los rumores acerca de Theo Kyriakis siempre eran contradictorios. Muchos decían que era cruel y exigente, pero ella se había dado cuenta de que aquéllos que lo decían no era los que trabajaban más cerca de él. Los que trabajaban a su lado le eran increíblemente fieles... o quizá tenían demasiado miedo como para quejarse.

Sin embargo, Nicola no parecía de las que se dejaban intimidar y sojuzgar por un jefe tirano.

–No –respondió.

–Pero yo pensaba... –Beth bajó la vista y sacudió la cabeza–. Olvídalo.

–¿Que era cruel y exigente? –Nicola soltó una carcajada–. Es ambas cosas –admitió con un extraño entusiasmo–. Siempre lo da todo de sí mismo y espera el mismo nivel de compromiso de los demás, pero también es generoso y es un gran maestro –esbozó una sonrisa astuta–. Pero eso seguramente ya lo sabes, ¿no? –añadió en un falso tono de inocencia.

Beth la miró fijamente.

–No entiendo... –de repente se dio cuenta de lo que Nicola quería decir y entonces se puso roja como un tomate–. No. No lo sé.

–¡Cálmate un poco! –le dijo Nicola en un tono ligero–. Sólo preguntaba –la miró de arriba abajo–. Aunque en realidad no eres su tipo.

–Claro. No soy precisamente una de sus golosinas... ¿De verdad te cae bien? –le preguntó en un tono de incredulidad absoluta.

Nicola volvió a mirarla con un gesto divertido.

–Theo Kyriakis es uno de los pocos hombres que conozco que no se siente amenazado por las mujeres inteligentes. Si alguna vez tienes ocasión de trabajar para él, no lo dudes ni un instante –añadió en un tono totalmente serio–. Cuando digo que es un gran maestro, lo digo de verdad.

La idea de convertirse en un discípulo de Theo Kyriakis no era precisamente agradable. Beth sintió un escalofrío a lo largo de la espalda.

–No creo que eso vaya a ocurrir.

La joven se encogió de hombros.

–No. Probablemente tengas razón. Él nunca mezcla el placer con los negocios.

Una vez más Beth creyó que sus mejillas iban a estallar en llamas.

–Dios, no. Las cosas no son así.

–Eso no es asunto mío –dijo la rubia con alegría–. Pero, si estás buscando trabajo, a lo mejor estás interesada. Me ha propuesto dirigir las oficinas de Nueva York, pero aún no me he decidido –añadió con una sinceridad sorprendente.

–Pensaba que eras su asistente personal.

–Lo soy... O más bien lo era. A Theo le gusta trabajar con gente de talento.

Beth, que ya había oído bastante acerca del jefe perfecto, soltó el aliento lentamente y trató de cambiar de tema. Cualquier cosa excepto Theo Kyriakis, otra vez...

–¿Adónde vamos?

–Primero vamos al salón de belleza. Tienes cita con todos los «sospechosos habituales».

Sin tener la más remota idea de lo que aquello significaba, Beth se limitó a asentir.

–A mí no me vendría nada mal un masaje –dijo Nicola, moviendo los hombros–. Pero no tengo tiempo.

–Supongo que todo esto te parece muy raro.

La rubia levantó sus perfectas cejas depiladas.

–Theo siempre tiene un motivo para todo y si quiere que lo sepa, entonces me lo dice. Si no es así... –miró a Beth y se encogió de hombros.

El salón de belleza resultó ser tan lujoso como Beth esperaba. Sin embargo, lo que prometía ser una tarde relajada de tratamientos placenteros se convirtió en una auténtica pesadilla. Nada más entrar por la puerta, se vio acorralada por un ejército de profesionales de la estética cuya máxima debía de ser...

«No hay recompensa sin dolor...». Las palabras de Theo irrumpieron en sus pensamientos.

Dos horas más tarde le habían hecho de todo; tratamientos, cremas, cera y más cera.

–¿Qué tal ha ido? –le preguntó Nicola a su regreso.

–No tenía ni idea de que «arreglarse» podía llegar a ser tan doloroso. Si alguien se vuelve a acercar a mí con cera caliente, le pondré una demanda. Esto es una tortura –dijo Beth, agotada.

Nicola la miró con solidaridad.

–No te preocupes. Sólo te quedan las uñas y el pelo. Y eso no duele, tanto.

Un rato más tarde estaban frente a la deslumbrante fachada de una terraza georgiana.

–¿Ésta es la peluquería? –preguntó Beth, protegiéndose del sol con la mano.

–No es una peluquería –dijo Nicola en un tono divertido–. Es la casa de Theo en Londres. ¿Nunca has estado aquí?

«Y no quiero estar aquí», pensó Beth, sacudiendo la cabeza.

–Hemos quedado aquí con los estilistas.

–Yo pensaba... –Beth se detuvo y respiró profundamente, resignada.

Cada vez era más evidente que sus expectativas no
tenían la menor importancia. Theo Kyriakis siempre
conseguía lo que quería.

–Supongo que ni siquiera puedo opinar al respecto.

Nicola le lanzó una extraña mirada y Beth no tuvo
más remedio que forzar una sonrisa.

–Vamos. Terminemos con esto de una vez –añadió
en un tono sombrío y echó a andar hacia la entrada de la
casa sin el más mínimo entusiasmo.

Capítulo 6

THEO, QUE llevaba un buen rato tamborileando con los dedos sobre el escritorio, se detuvo de inmediato al oír cómo se abría la puerta. Al ver a Nicola, frunció el ceño.

—Te dije que la tuvieras lista a las siete.

Nicola miró el reloj.

—Sólo son las siete y cuarto.

—Y el reloj nunca se para. ¿Cuánto tiempo hay que emplear en llevar a la peluquería a una mujer y vestirla bien? Yo pensaba que... —se detuvo de repente.

El revuelo causado por la tropa de estilistas se alejaba por el pasillo, pero no lo bastante rápido como para dejarle hablar.

—Todavía está arriba —dijo la joven.

Theo escondió su impaciencia tras una expresión de hierro.

—¿Por qué?

Nicola levantó las manos con un gesto de impotencia.

—Mira. No culpes al mensajero. Lo he intentado todo, de verdad, pero tu querida Beth no es lo que se dice una chica fácil de convencer —dijo en un tono irónico.

—¿De qué estás hablando?

—Tu cita no se atreve a salir. Supongo que es la primera vez que te pasa —añadió en un tono que no trataba de ocultar una pizca de burla.

Theo apretó los dientes y reprimió un gruñido de irritación.

—Entonces está escondida en el dormitorio. Imagino que la sesión de maquillaje no fue demasiado bien.

–Lo del maquillaje fue...

–¿De qué color la han vestido?

–De negro.

Theo chasqueó la lengua, visiblemente exasperado.

–Dejé muy claro que necesitaba algo de color.

–Sí, lo hiciste –dijo Nicola sin perder la calma.

–Esa chica se ha pasado media vida vestida de gris.

No hacía falta ningún asesor de moda para hacerle entender que lo último que Elizabetth Farley necesitaba era otro look mustio y monjil.

Nicola estaba a punto de decir algo más, pero Theo la hizo callar levantando una mano.

–Muy bien. Entiendo. Pero no creo que tenga tan mal aspecto.

Si la chica era una ilusa, no era culpa suya.

«Pero tú alentaste sus expectativas...», dijo una voz desde un rincón de su mente.

–Bueno, en realidad ella... –Nicola se dio cuenta de que le estaba hablando a la pared.

Su jefe acababa de echar a andar rumbo a la escalera.

Theo hizo una parada rápida en el vestidor. Agarró una camisa y una corbata y se cambió a toda prisa. Unos segundos después estaba llamando a la puerta de la habitación donde se encontraba Beth.

Nadie contestaba.

Abrió la puerta lentamente y entró.

–¡Vete! –dijo una voz proveniente del cuarto de baño.

–Sal, Beth –dijo él, tratando de sonar persuasivo y transigente.

Los dramas femeninos no eran su especialidad, y mucho menos el sentimiento de culpa del que no era capaz de librarse.

Dentro del cuarto de baño, Beth sacudió la cabeza y entonces se detuvo. El corte de pelo que le habían hecho se bamboleó un poco y entonces cayó en su sitio.

La joven miró hacia abajo y trató de contener la mueca de dolor. Los mechones de pelo estaban por todas partes.

–No creo que me siente bien el pelo corto.

«Hemos intentado dejarlo del mismo largo...», le había dicho Anton en un tono contundente. Era evidente que el estilista no estaba acostumbrado a defender y justificar sus esfuerzos artísticos.

Cuando terminó por fin, los rizos que solían deslizarse sobre la espalda de Beth todavía le llegaban a los hombros, pero ella no podía evitar sentirse desnuda, expuesta... Sin embargo, lo peor de todo era ese vestido que la habían hecho ponerse.

Theo se apoyó contra la pared y miró el reloj.

–¿Qué quieres hacer? ¿Quedarte ahí encerrada para siempre?

Beth abrió el grifo para no tener que oírle. Humedeció un pañuelo de papel y se lo pasó por los labios con brusquedad.

Nada que hacer. El color no se iba así como así. Aterrorizada, se recostó contra la pared y cerró los ojos. Respiró hondo, fue hacia el espejo y se miró en él.

«Esto es una locura. ¿Cómo he podido dejarme envolver en este estúpido cuento de hadas? No soy Cenicienta ni Blancanieves...», se dijo. Theo le había puesto un caramelo delante de los ojos y ella había mordido el anzuelo como una idiota. El corte de pelo, el maquillaje, la ropa... Bajó la vista y contempló el apretado vestido negro que se ceñía a sus caderas como un guante.

Todo era un truco, una trampa absurda.

–¿Y bien?

Haciendo oídos sordos a la voz que provenía del otro lado de la puerta, la joven le dio la espalda a la persona que la miraba desde el espejo. Era aterrador contemplar el reflejo de una perfecta extraña.

–No voy a salir mientras estés ahí –le dijo, recordando que su ropa estaba en la habitación, y entonces le oyó mascullar un juramento.

–Muy bien. Me están esperando. Quédate ahí si quieres –dijo él finalmente.

Unos segundos después, Beth oyó cómo la puerta se abría y se cerraba, y entonces esperó un rato más. Era increíble que hubiera sido tan fácil.

Con sigilo y cautela, abrió la puerta del baño y miró a su alrededor. Allí sólo estaban las enormes perchas llenas de trajes de firma e hileras interminables de zapatos de lujo. No había nadie en la habitación.

—¿Qué demonios...? —masculló, apartando la manta de la cama, buscando algo.

—¿Estás buscando esto?

La joven dio un salto y se dio la vuelta con brusquedad, justo a tiempo para verle entrar de nuevo en la habitación. Llevaba la camisa abierta y tenía algo de ropa en la mano.

Su ropa.

La dejó caer en el suelo y entonces empezó a abrocharse la camisa, sin ninguna prisa.

Incapaz de apartar la vista, Beth no pudo evitar mirar de reojo aquellos abdominales bien moldeados y duros.

Un repentino escalofrío la recorrió por dentro, desde la pelvis hasta la cabeza. Respiró hondo y entonces se atrevió a darse la vuelta. Theo Kyriakis podía tener un cuerpo de ensueño, pero no para ella.

Él, por su parte, sintió el golpe de un puño invisible al verla darse la vuelta. El mundo dio un giro completo a su alrededor. Respiró hondo y trató de reprimir el juramento que tenía en la punta de los labios. De pronto se sentía como si estuviera en plena efervescencia adolescente, sin control alguno sobre su propio cuerpo. Era como si acabaran de inyectarle una sobredosis de lujuria, que iba directa al corazón. Petrificado, no podía hacer otra cosa que mirarla y mirarla.

Siempre había creído que tenía mucho potencial, pero jamás hubiera podido imaginar algo así. ¿Quién hubiera podido adivinar que aquellos trajes sobrios y blusas remilgadas escondían un cuerpo envidiable para cualquier mujer... y rabiosamente deseable para cualquier hombre.

Theo sacudió la cabeza y soltó el aliento que llevaba un rato atrapado en sus pulmones. Cualquier hombre, su hermano incluido, hubiera dado cualquier cosa por...

No obstante, el gran misterio era por qué una mujer iba a esforzarse tanto por esconder semejante silueta.

Al final los estilistas no se habían equivocado. El vestido negro destacaba el brillo sutil de su piel blanca y aterciopelada, y el atrevido escote revelaba la belleza de sus hombros y su cuello, además de ofrecer una vista más que tentadora de sus pequeños pechos turgentes.

—Dijiste que te ibas —dijo Beth, mirándolo con resentimiento.

Theo guardó silencio. No podía dejar de mirarla.

—Dios mío —dijo finalmente con un hilo de voz.

Al oír aquella exclamación, la joven se enfadó aún más. Cualquier hombre con una pizca de sensibilidad hubiera tratado de esconder el disgusto, pero Theo Kyriakis era un mundo aparte.

—Bueno, ahora ya lo sabes —dijo ella, levantando los brazos y girando sobre sí misma—. Lo siento.

—¿Que lo sientes?

Él la miró con ojos de estupefacción. Sus pupilas eran tan negras que era imposible saber dónde terminaban. Un efecto hipnótico... El silencio se extendía cada vez más y la tensión se podía cortar con unas tijeras.

Para Beth era evidente que él se había llevado una gran decepción. El plan no había salido como esperaba.

—¡Deja de mirarme así! ¡No es culpa mía! —le dijo, cada vez más furiosa.

—No hay necesidad de levantar la voz —le dijo él, deslizando la mirada hacia sus pechos descubiertos.

A su hermano se le iban a salir los ojos cuando la viera. Andreas se moriría de celos y envidia al darse cuenta de que había pasado años al lado de una mujer así sin haberse fijado en ella siquiera.

—En realidad, sí la hay. Te dije que era una idea absurda, pero tú te empeñaste en hacer las cosas a tu ma-

nera, como de costumbre... —dijo Beth, respirando entre-
cortadamente. Puso las manos sobre las caderas y lo fulminó con la mirada—. ¿Es que nunca escuchas a nadie?
Qué pregunta tan estúpida. Por supuesto que no... Bueno,
para que conste, sé que estoy ridícula, así que no necesito
que tú me lo digas —cruzó los brazos sobre el pecho con
un gesto defensivo—. Y no te atrevas a decirme que hay
que mirar el lado bueno —le advirtió, echando chispas.

—Muy bien. No lo haré —dijo Theo, aflojándose un
poco la corbata.

—Porque estoy hasta aquí —le dijo ella, estirando el
brazo a todo lo que daba por encima de la cabeza—. Estoy
harta de ser positiva y de ponerle buena cara a las cosas
cuando en realidad la vida es asquerosa —hizo una pausa
para recuperar el aliento—. Un vestido escandaloso...
—añadió, con amargura—. No me va a convertir en el
bombón que nunca he sido.

Al oír su propia voz, patética y autocompasiva, levantó la frente y se armó de valor. Tenía que vivir con
ello, como siempre había hecho. Esa mañana, al mirarse
en el espejo, no se había encontrado con una preciosa si-
rena, y las cosas no iban a cambiar.

—El vestido no es escandaloso.

—¿Entonces quieres decir que yo sí lo soy? —le preguntó ella, desafiante.

Una sombra de impaciencia cruzó las pupilas de
Theo.

—No seas tonta.

—Sencillamente no soy sexy —le dijo, incapaz de librarse del victimismo que la consumía.

Theo la miró fijamente. ¿Cómo era posible que no se
diera cuenta?

«Un auténtico peligro para cualquiera con problemas
cardiacos...», pensó.

—El vestido... —dijo, haciendo acopio de toda la paciencia que le quedaba—. No es escandaloso. Es elegante
y sensual.

–Oh, claro. No me cabe duda de que ha costado un montón de dinero –dijo ella, estirando una pierna para admirar el efecto del tejido al ceñirse al muslo.

Aquel vestido le hubiera sentado de muerte a cualquier modelo despampanante. Cualquiera que tuviera menos pecho que ella. El efecto de aquel apretado corpiño con varillas era de lo más inquietante. Todo subía demasiado y el escote enseñaba más de la cuenta.

–¿Y por qué crees que no te sienta bien a ti?

Dando por sentado que estaba bromeando, Beth soltó una carcajada.

–Si lo que te preocupa es el dinero –dijo, haciendo una mueca.

De ser así no podía culparle. No había ni una sola etiqueta en las prendas que colgaban de los percheros, pero sin duda debían de costar diez veces más que toda la ropa que ella tenía en el armario.

–Seguro que te dejarán devolverlo todo –añadió.

«Y así ella se quedaría sin nada, en ropa interior...», pensó Theo sin poder evitarlo.

De repente una turbadora imagen se presentó en su mente.

Además, no llevaba sujetador. Su opinión de experto no dejaba lugar a dudas.

–¿Pero cuál es tu problema? –le preguntó unos segundos después, ahuyentando aquellas imágenes que lo atormentaban.

«Lo que ves es mi problema», pensó Beth, mordiéndose la lengua.

¿Por qué escondería una mujer un cuerpo como ése?

Theo no podía dejar de hacerse la misma pregunta una y otra vez mientras devoraba aquellas exquisitas curvas femeninas con la mirada. Pechos llenos y duros, caderas sinuosas, y una cinturilla de avispa.

–Creo que deberías buscar a otra para el papel –dijo Beth finalmente en un tono esperanzado.

–¡Basta!

A punto de poner otra objeción, Beth se calló de inmediato. Aquellos ojos insondables la taladraban con una sombría mirada.

—Gracias —dijo él en un tono irónico.

El incómodo silencio se alargó durante unos cuantos segundos.

—Deberías considerar la posibilidad de recibir ayuda profesional, pero yo no soy psicólogo —dijo él finalmente, pasándose una mano por el pelo, adelante y atrás, hasta alborotarlo y ponerlo de punta.

—No. Tú eres el gran jefe.

—¿Es que eso no te impresiona?

—Por supuesto que sí. Tienes un escritorio impresionante que nunca está desordenado porque no tienes ningún trabajo que hacer. Tú sólo tomas decisiones, lo cual, no me cabe duda, es muy difícil —dijo ella en un tono mordaz.

Theo apretó los dientes y respiró hondo.

—Hoy he tenido un día muy difícil y mi paciencia tiene un límite. No creo que sea buena idea provocarme, Elizabeth.

Beth levantó las manos con un gesto de auténtica impotencia.

—¿Que tú has tenido un día difícil? —exclamó, indignada—. ¿Acaso has tenido que soportar que te toquen, que te pellizquen, que te tiren del pelo y que te pinchen? ¿Te has tenido que comportar como si fueras un bicho raro? Mi piel no está bien, mi pelo tampoco, mi...

De repente, sin aviso alguno, él la agarró de la barbilla y la hizo mirarle a los ojos. Beth se quedó lívida, incapaz de reaccionar. Una sonrisa cínica e insolente comenzaba a asomar en las comisuras de aquellos labios enérgicos e implacables.

De pronto, él deslizó la punta del dedo sobre la mejilla de la joven y ella apenas pudo contener el estremecimiento que la recorría de pies a cabeza al sentir el contacto. Tragó con dificultad y se humedeció los labios.

El corazón le latía sin ton ni son y el aire se hacía irrespirable.

–Si te han criticado por tu piel, entonces son unos idiotas –le dijo él, deslizando la yema del pulgar sobre la línea de su mandíbula–. Es perfecta y suave como la seda –levantó la mano y enredó los dedos en su cabello.

Beth se encogió un poco y entonces retrocedió.

–Nada de lo que te diga podrá convencerte de que eres maravillosa, ¿verdad? –le preguntó, mirándola fijamente.

Ella sacudió la cabeza y entonces vio un destello de frustración en aquellos ojos oscuros; un destello abrasador que la consumía por dentro. Una vez más se humedeció los labios, llamando la atención sobre ellos sin querer.

¿Cómo era que Theo Kyriakis ejercía semejante efecto sobre ella? Aquello era una locura.

Levantó la barbilla y dio un paso atrás. Sin embargo, no podía escapar de él. Un segundo más tarde él había avanzado hacia ella y estaba cerca, demasiado cerca.

Beth no podía respirar. No podía pensar.

–Eso pensaba yo –añadió él, deslizando las puntas de los dedos sobre su mejilla para luego avanzar hacia la delicada curva de su cuello. Podía sentir los latidos de su delicado corazón bajo las yemas.

El tacto de aquellas manos era sutil, hipnótico. Nada le impedía apartarse y, sin embargo, no era capaz de hacerlo. El aura poderosa que rodeaba a aquel hombre misterioso y sensual la envolvía por completo y la dejaba paralizada sin remedio. Jamás había sido tan consciente de la presencia de un hombre; jamás... hasta ese momento.

Haciéndola temblar bajo su intensa mirada, pasó un brazo por detrás del trasero de la joven y la atrajo hacia sí. Beth levantó las manos para oponer resistencia, pero todo fue en vano. Sus manos no hicieron más que quedarse sobre aquel pectoral potente y fornido. Extendiendo las palmas, estiró los dedos y empezó a agarrarle con fuerza, palpando su piel y su carne, notando las vibraciones de su vigoroso corazón; al igual que el suyo propio, un pájaro en una jaula, luchando por salir.

Theo esbozó una peligrosa sonrisa, la agarró de la nuca con la otra mano y ya no hubo vuelta atrás.

Beth se tragó el nudo que le atenazaba la garganta y entreabrió los labios un segundo antes de que él los cubriera con los suyos propios.

Pánico, conmoción... El shock la dejó paralizada.

Con los ojos totalmente abiertos, la joven se quedó inmóvil un momento, sintiendo el delicado roce de su boca, y entonces cerró los ojos. No sabía muy bien lo que estaba ocurriendo, pero sí sabía que no podía hacer más que devolverle el beso, acariciarle y palpar su cuerpo fibroso y poderoso. Lo oídos le pitaban tanto que apenas oía nada del exterior, a excepción de un lejano gemido. ¿De quién?

¿Acaso había sido ella misma?

Un segundo después Theo la soltó bruscamente y la joven dio un pequeño traspié hacia atrás. Él le ofreció una mano, pero ella la rechazó con un manotazo al tiempo que se frotaba los labios con el dorso de la otra mano.

Él la miró sin decir ni una palabra. Había una extraña mezcla de pasión y pánico en sus ojos; una amalgama de emociones que le hacía querer volver a besarla.

—¿Esto era necesario? —le dijo ella, preguntándose cómo había podido llegar a besarle. Él no era Andreas, y ni siquiera se sentía atraída por él.

—Creo que sí —dijo él sin perder la calma—. ¿Me crees ahora si te digo que estás increíble?

Ella parpadeó un par de veces.

—Me has besado para...

Aquella explicación podía llegar a tener sentido, pero de ninguna manera justificaba el deseo voraz que había visto en sus ojos profundos y misteriosos.

—Te he besado porque no me estabas escuchando.

—Lo único que has conseguido es demostrar que sabes besar, aunque, sinceramente, teniendo en cuenta la fama que tienes, esperaba algo mejor.

Sorprendido, él guardó silencio un momento y entonces se echó a reír.

—Andreas se va a volver loco cuando te vea con ese vestido.

Ella lo miró fijamente y acabó esbozando una sonrisa escéptica.

—¿En serio?

—En serio —dijo él en un tono convincente.

—¿De verdad te gusta el aspecto que tengo? —preguntó ella en un tono incrédulo y prudente.

Él se pasó una mano por el cabello y contó hasta tres.

—Pensaba que ya te lo había demostrado. A lo mejor estoy perdiendo facultades.

—Oh, no. En absoluto —dijo Beth sin pensar lo que decía, y entonces se sonrojó hasta la médula.

—No es a mí a quien tienes que volver loco de deseo —dijo él, pensando que había exagerado un poco. No había mujer en el planeta capaz de volver loco de deseo a Theo Kyriakis.

—Eso sería una pesadilla —dijo ella, sacando sarcasmo del violento rubor que teñía sus mejillas del rojo más intenso.

Cada pocos segundos no podía evitar reparar en aquellos labios que acababan de besarla, unos labios duros y suaves al mismo tiempo...

Bajó la vista rápidamente y se mordió el labio inferior hasta sentir dolor. Tenía que sacarse de la cabeza aquellas ideas peregrinas y absurdas. Theo Kyriakis seguía siendo el mismo hombre siniestro y déspota de siempre; alguien que no tenía ni el más mínimo atractivo para ella.

«Loco de deseo...», pensó.

La mujer que lograra volver «loco de deseo» a Theo Kyriakis sería sin duda una pobre desgraciada. Su porte distinguido, su refinamiento aristocrático, su elegancia... Todo aquello no era más que una fina capa de barniz que escondía algo primitivo y peligroso; un instinto sexual salvaje... La beneficiaria de aquel torrente incontenible de lujuria no iba a salir muy bien parada.

Beth se estremeció. Muchas mujeres encontraban estimulantes esas relaciones masoquistas y tormentosas, pero ella no era una de ellas.

«Si quiero algo estimulante, meto los dedos en un enchufe», se dijo a sí misma con sarcasmo.

–Sólo quería tener un punto de vista masculino, y tú eres un hombre –le dijo, parpadeando bajo su insostenible mirada–. Además, no tengo intención ni ganas de volver loco de deseo a nadie –añadió con sinceridad.

De pronto él dio un paso adelante. Ella retrocedió, tropezó con una silla y ésta se cayó al suelo con gran estruendo.

–No huyas cuando te toco –dijo él, agarrándola justo antes de que perdiera el equilibrio.

–¿Y por qué ibas a tocarme?

–Porque cuanto más te toco, más fascinante te encuentro, y cuanto más fascinante seas, más te deseará Andreas, y cuanto más te desee Andreas, más ganas tendrá Ariana de sacarte los ojos –le dijo en un tono incisivo, estudiando su rostro impecable con un ojo clínico y esbozando una leve sonrisa. Jamás hubiera esperado un éxito tan grande; un éxito que sin duda despertaría la cólera de Ariana.

De pronto sintió una punzada de temor. Elizabeth Farley no estaba preparada para vérselas con una criatura sibilina como la prometida de su hermano. Pero él estaba allí para mantener a raya a la serpiente.

–Me alegro de que te parezca divertido –dijo Beth. Sin embargo, mientras hablaba, se dio cuenta de que su sonrisa se había esfumado.

–No te preocupes. Yo te protegeré –le dijo él, inesperadamente.

La joven reparó en sus labios una vez más y entonces sintió una repentina ola de miedo y expectación.

–¿Y quién me va a proteger de ti?

Theo esbozó una de sus sonrisas mordaces.

–Andreas. ¿No es ésa la lógica del plan?

Beth se movió a un lado y entonces se fijó en su propio reflejo en el espejo. Nada más contemplar su propia imagen, un pánico desmesurado la agarrotó por dentro y un peso asfixiante le oprimió el pecho, impidiéndole respirar.

–A estas alturas ya empiezo a preguntarme si todo esto tiene alguna lógica –dijo, cubriéndose la cara con ambas manos.

–No me falles ahora, Elizabeth –le dijo, impaciente–. ¿Qué es lo peor que puede pasar? –le preguntó en voz baja, como quien intenta apaciguar a un animal asustado.

Finalmente, su tono calmado y persuasivo tuvo el efecto esperado.

Beth bajó las manos, respiró hondo y levantó la barbilla.

–Lo peor ya ha pasado –le dijo, mirándole a los ojos.

Él arqueó una ceja, como si formulara una pregunta silenciosa.

Y entonces ella recordó la escena que acababa de ocurrir. El tacto de sus labios, su sabor, su piel, su aroma... Nerviosa y ofuscada, se pasó una mano por la boca y ahuyentó aquellas imágenes que no quería tener entre sus pensamientos.

–Vamos. A partir de ahora, sólo hay una dirección –dijo él, recordando aquel gemido sutil que ella le había regalado, directamente de sus labios–. Hacia delante –añadió, esbozando una de sus sonrisas arrogantes; una de ésas que difícilmente le llegaban a los ojos.

–Ojalá pudiera compartir tu optimismo –dijo ella.

La vida había sido mucho más fácil cuando no era capaz de ver el encanto de aquella sonrisa...

Capítulo 7

BETH GUARDÓ silencio durante todo el camino. Sin embargo, Theo sabía que se moría por decir algo.

—Muy bien, suéltalo ya —le dijo, desabrochándose el cinturón y volviéndose hacia ella.

—Hay algo que no he tenido en cuenta —dijo ella con gesto de preocupación.

—Me cuesta creerlo.

—¿Por qué? ¿Porque tú siempre piensas en todo? —exclamó Beth, algo molesta ante semejante derroche de autosuficiencia.

—Por lo que parece, esta vez no —dijo él, mirando sus labios rosados y deseando volver a besarla.

¿Cómo era posible que no pudiera pensar en otra cosa?

—Mientras tú finges que... que...

Él levantó una ceja y Beth lo fulminó con la mirada.

—Que te gusto —añadió ella, terminando la frase.

Él se rió abiertamente.

—¿Qué pasa con tu novia? ¿Qué va a pensar? Sé que esto es sólo una farsa, pero... —le preguntó, mirándole con ojos de reproche.

—No tengo por costumbre alentar sentimientos como los celos en las mujeres con las que salgo.

Beth miró al techo y contó hasta tres.

«Por supuesto que no. Tú sólo les das aliento a las muñequitas de porcelana con largas piernas.», pensó. Debía de ser algo genético. Andreas hacía lo mismo.

—Sea como sea, no creo que a tu novia le haga mucha

gracia cuando se entere de que estás... flirteando conmigo.

–Si así te sientes mejor, te diré que en este momento no tengo novia.

En realidad hacía más de tres meses que no estaba con nadie y ése debía de ser el motivo por el que no podía dejar de pensar en besarla otra vez.

–¿En serio? –preguntó ella con ironía, sacudiendo la cabeza y frunciendo el ceño–. ¿Por qué?

Theo se puso serio de inmediato.

–Lo siento, no es asunto mío. Es que me parece un poco... –añadió ella, sintiéndose un poco culpable.

Él la miró con un destello de sarcasmo en los ojos.

–¿Un poco...?

Bueno, si quieres saberlo, me parece un poco extraño.

–¿Y por qué iba a ser extraño que no haya ninguna mujer en mi...?

Mientras le escuchaba, Beth creyó saber lo que iba a decir, suficiente para no dejarle terminar la frase.

–¿Cama?

Él arqueó las cejas.

–Vida –dijo.

Beth se sonrojó y se mordió el labio.

–Parece que estás muy interesada en mi vida sexual, Elizabeth –le dijo él, observándola con ojos inquisitivos al tiempo que se revolvía el cabello con una mano.

Ella hubiera querido negarlo de inmediato, pero no podía. Él tenía razón. Quizá fuera eso lo que le pasaba a todas las mujeres que se acercaban lo bastante como para estar bajo la influencia de su increíble magnetismo sexual. De repente, sintió unas ganas tremendas de tocarle el pelo y de alisar aquellos oscuros mechones rebeldes.

–Nada podría interesarme menos –dijo finalmente, agarrando una revista y fingiendo leerla con interés–. Y no me llames Elizabeth –añadió en un tono de máxima exasperación.

–Te sienta bien –dijo él, viéndola morderse los labios.

El rubor que le cubría los pómulos realzaba una estructura ósea absolutamente exquisita, hasta entonces oculta bajo una cortina de pelo.

–Y me gusta –añadió.

–Oh, te gusta –dijo ella con sarcasmo–. Y por eso está bien, ¿no?

Aquel tono corrosivo le arrancó una sonrisa a Theo.

Con el corazón palpitando sin control, Beth parpadeó un par de veces y bajó la vista, incapaz de sostenerle la mirada. Aquella sonrisa suavizaba sus rasgos severos y altivos, relajando así la cínica expresión de sus labios serios, pero sensuales.

Si no tenía novia, era porque no quería. Y sin embargo...

–¿Cómo es que no tienes novia? –le preguntó, sin poder aguantar la curiosidad.

–¿Por qué? –volvió a decir ella, al no obtener respuesta alguna.

–¿Por qué? –repitió él en un tono pensativo. Ella le estaba haciendo la misma pregunta que él se había hecho durante más de tres meses.

No era por falta de oportunidades. A los hombres como él les llovían las ofertas de compañía femenina. La mayoría de las mujeres adoraba el dinero y el poder, y él no tenía ningún inconveniente en salir con ellas. En realidad era mejor así. No tenía ningún deseo de estar con una mujer que lo amara por ser quién era, porque las cosas siempre eran más sencillas si se enamoraban de su dinero y de su poder. La vida era demasiado corta como para complicarla con un compromiso emocional. Además, el amor romántico no era más que una quimera absurda, y él estaba muy por encima de todo eso.

Beth lo observó durante un rato y entonces levantó la barbilla.

–Creo que es una pregunta lógica –le dijo, a la defensiva–. Eres la clase de hombre que lo tiene todo; un coche impresionante, un reloj caro... –dijo, sin haber comprobado esto último. Le miró la muñeca con disimulo y... allí estaba el reloj. ¿Cómo no?

Esbozó una sonrisa y siguió adelante.

–...y, por supuesto, la típica rubia.

Theo guardó silencio un momento y se inclinó hacia ella lentamente, haciéndola retroceder un poco.

–Esta noche tengo a una morena –cerró los ojos y respiró hondo.

–Más bien castaña... ¿Me estás oliendo el pelo?

–No, te huelo a ti –dijo él y entonces sonrió de oreja a oreja y se bajó del coche.

Estupefacta, Beth hizo todo lo posible por bajar del vehículo con elegancia y dignidad y, nada más incorporarse, sintió que le ponían un chal sobre los hombros.

–Se abre el telón –le susurró él al oído al tiempo que la agarraba de la cintura.

El chef del restaurante se dirigía hacia ellos. Había salido de la cocina expresamente para recibir a Theo. Beth no tardó en reconocerlo. El hombre salía en televisión.

Theo charló con él durante un rato, ahora en inglés, ahora en francés, y finalmente hizo las presentaciones. El chef, de nombre Louis, la besó en el dorso de la mano y se deshizo en múltiples alabanzas aderezadas con un refinado acento francés.

–Creo que te están esperando, Theo –dijo el hombre antes de despedirse.

Beth apretó los dientes y se preparó para la odisea que se le venía encima. Sólo esperaba no hacer el ridículo y ser capaz de sonreír en los momentos apropiados. Cuando el mâitre les confirmó que los demás los estaban esperando, Theo le clavó los dedos en el brazo y la guió hacia donde le indicaban. Ya no había vuelta atrás. No podía dar media vuelta y salir corriendo.

En cuanto entraron en la sala principal del restaurante el ruido de múltiples conversaciones bajó hasta convertirse en un leve murmullo. Todos los miraban con curiosidad e intriga, sobre todo a él.

–¿Qué te ha parecido Louis?

Beth, que estaba concentrada en poner un pie delante del otro, trató de buscar algo que decir. En realidad, el hombre no le había causado ninguna impresión, ni buena ni mala.

–Es agradable. Más bajo de lo que parece en televisión.

–No te tomes al pie de la letra las cosas que dice –le advirtió Theo en un tono ligeramente brusco.

La joven lo miró de reojo y, a pesar del pánico que sentía en ese momento, fue capaz de notar la extraña seriedad que oscurecía su expresión.

–¿Quieres decir que no soy «rabiosamente hermosa»? Estoy desolada –le dijo, en un tono seco e irónico.

Él se molestó un poco al ver que había malinterpretado sus palabras.

–Quiero decir que su ego es tan grande como su apetito sexual y tiene fama de ser...

Sorprendida ante tanta insolencia, Beth soltó el aire bruscamente. ¿Cuándo se había convertido Theo Kyriakis en un ejemplo de moralidad?

–Pensaba que era amigo tuyo, aunque tengo que admitir que tú eres el experto cuando se trata de un ego infinito.

–Es amigo mío, pero no lo dejaría a solas con mi hermana.

–Yo no soy tu hermana –dijo Beth, riéndose con incredulidad ante aquella demostración de lógica masculina.

Theo la miró a la cara y entonces se dio cuenta de algo. Si los planes salían como esperaban, ella podía llegar a ser parte de su familia en el futuro. La mujer de su hermano, su cuñada...

Aquella idea no lo hacía especialmente feliz. Cuanto más conocía a Elizabeth Farley más comprendía que no era mujer para su hermano Andreas. En circunstancias normales, jamás se hubiera interesado por la vida amorosa de su hermano, pero cuanto más hablaba con ella, más se daba cuenta de que no podrían congeniar a largo plazo. Quizá fuera ése el problema. Elizabeth era una mujer de «largo plazo», y también era la mujer más obstinada y testaruda que jamás había conocido. Una expresión pensativa cruzó su rostro. La gran ironía de todo el plan era que podía llegar a crear un problema nuevo al intentar resolver otro. Sin embargo, la prioridad en ese momento era salvar a Andreas de las garras de Ariana. Ya tendría tiempo de lidiar con otros problemas en el futuro.

Beth llegó a la mitad del enorme salón. El frenesí de adrenalina generado por aquel intenso intercambio de palabras ya se estaba acabando, y sus rodillas volvían a temblar sin control. Decenas de comensales muy bien vestidos la observaban desde todos los ángulos.

—Lo estás haciendo muy bien —le dijo él al oído.

Beth se estremeció al sentir el cosquilleo de su aliento en el cuello.

—O estoy paranoica o todos están hablando de nosotros —dijo ella.

Las indiscretas miradas se le clavaban en la espalda como cuchillos.

—Que hablen todo lo que quieran. ¿Qué importa lo que diga la gente? No necesitas su aprobación —le dijo él, mirando a su alrededor con una indiferencia absoluta.

Beth le observó con una pizca de envidia. Estaba convencida de que él no tenía ni la más remota idea de lo importante que era el «qué dirán» para la mayoría.

—Su envidia no es tu problema —la empujó suavemente al final de la espalda y la hizo pasar por el estrecho camino que quedaba entre dos mesas.

—Me envidian porque estoy contigo —dijo ella, recordando de inmediato quién la acompañaba en ese momento; Theo Kyriakis, el hombre más arrogante y pretencioso del mundo.

Si volvía a olvidarlo de nuevo, entonces sólo tenía que recordar sus comentarios prepotentes.

–Te envidian porque eres hermosa –dijo él. Ésa no era la primera vez que su acompañante atraía miradas de envidia y lujuria, pero sí era la primera vez que su acompañante no era consciente de ello.

–Muy gracioso –le dijo ella, y entonces lo miró con una expresión sarcástica y resentida.

Sin embargo, la mirada de él, imperiosa y profunda, la hizo tambalearse.

–No sabía que tuvieras sentido del humor –añadió, apartando la vista rápidamente.

–Relájate, Elizabeth –le dijo y trató de seguir su propio consejo. Era como si todos los hombres de la sala se la estuvieran comiendo con los ojos, y no podía soportarlo.

«Relájate», se dijo Beth y entonces se atrevió a mirarle de reojo. Él estaba acostumbrado a que la gente lo mirara, y seguramente disfrutaba siendo el centro de atención. Sin embargo, en realidad no parecía del todo tranquilo y sosegado. Su mandíbula contraída y la vena que palpitaba en su cuello decían lo contrario.

De repente el mâitre interrumpió los pensamientos de la joven abriendo una puerta e invitándoles a entrar.

Ella se detuvo un instante, temblando de pies a cabeza.

–Parece que vas al dentista. Sonríe, Elizabeth.

–Me gusta ir al dentista –dijo Beth con mordacidad, resistiéndose un poco antes de entrar en la estancia–. Es un hombre encantador y yo tengo unos dientes excepcionales –le miró y esbozó la sonrisa más hipócrita de toda su vida.

Manteniendo la vista al frente, Theo se inclinó un poco hacia ella y le susurró algo al oído.

–Y también tienes un cuerpo excepcional –le dijo y la agarró de la cintura, aprovechando su confusión.

Turbada y molesta, Beth se ruborizó.

–¿Qué crees que estás haciendo? –dándole un manotazo al sentir el calor de su mano sobre el trasero.

Él soltó una carcajada.

–Pórtate bien. Se supone que me amas –dijo él con disimulo y la atrajo hacia sí con más fuerza.

La joven reprimió un pequeño grito y le contestó con contundencia.

–Y tú sólo te amas a ti mismo.

Él volvió a reír. La profunda vibración de su risa la hacía estremecerse.

–No puedo hacer esto –dijo ella, con una bola en el estómago.

–Lo estás haciendo –dijo él–. ¿Es tan malo? –le preguntó, sintiendo sus curvas sobre la piel.

–Pero... –atinó a decir ella, incapaz de controlar la respuesta de su propio cuerpo, que parecía haberse rebelado contra su mente.

Él se volvió y le puso un dedo sobre los labios.

–Elizabeth, si no te callas ahora mismo, voy a tener que besarte de nuevo –le dijo, mirándole los labios.

¿Qué era aquello? ¿Una amenaza o una promesa?

Beth no lo sabía con certeza. Había hecho todo lo posible por borrar aquel instante de su memoria, pero en ese momento los recuerdos la invadieron sin remedio; tan claros y nítidos, que era como si estuviera ocurriendo de nuevo.

Levantó la vista y lo miró fijamente, con los ojos entreabiertos y las pupilas totalmente dilatadas, reviviendo aquel beso inolvidable. El brillo abrasador de su oscura mirada, su aliento fresco y cálido, la textura suave de sus labios firmes, los movimientos sensuales de su boca...

En un intento por ahuyentar aquellos recuerdos, Beth se tapó los ojos con la mano, pero Theo retiró los dedos uno por uno y la obligó a mirarle a la cara.

Sus miradas se encontraron durante unos segundos eternos. Él sostenía su mano.

—Estoy lista —dijo ella, rompiendo el hechizo.

¿Pero para qué?

No lo sabía.

—Buena chica —dijo él, sonriendo de nuevo.

Beth se lo tomó como si acabara de darle una palmadita en la espalda. Aquel tono condescendiente mezclado con su voz de siempre, arrebatadoramente sexy... Era demasiado. La joven apretó los dientes y recurrió al sarcasmo.

—Para servirle —masculló, rehuyendo su mirada.

—Así me gusta. Eso es justo lo que andaba buscando —murmuró él con ironía.

Capítulo 8

APROVECHANDO el momento, Theo inclinó la cabeza y la besó. Sólo fue un mero roce, pero fue suficiente para borrar todo pensamiento coherente de la mente de Beth. Las piernas le temblaban y el corazón le palpitaba sin ton ni son.

Un segundo después, él la hizo entrar en la sala que, aunque más pequeña que el salón principal del restaurante, estaba decorada con el mismo estilo *art déco*. Sin embargo, la joven apenas se fijó en la decoración; toda su atención estaba puesta en el brazo de acero que la rodeaba por la cintura. Un grupo de personas los observaba con curiosidad desde una mesa grande.

Beth trataba de mantener la cabeza fría, pero era difícil. Se sentía como si llevara la palabra «farsa» escrita en la frente y tenía miedo de terminar desmayándose delante de todos, o algo peor... Si empezaba a sentir las típicas náuseas, entonces estaba perdida. En ese momento Andreas debía de estarse preguntando qué estaba haciendo disfrazada de actriz de Hollywood cuando en realidad debía estar en el despacho revisando cifras.

«Oh, Dios mío. Las cifras que necesitaba a primera hora de la mañana...», se dijo la joven. Presa del pánico, pasó por su lado y le miró con disimulo.

Andreas la miraba fijamente, como si no la reconociera... Pero había algo más en su mirada...

¿Deseo, quizá?

Beth soltó el aliento y mantuvo la calma. Despertar la lujuria de los hombres podía llegar a ser inquietante.

—Theo, llegas tarde.

Beth reconoció enseguida a la madre de Theo y Andreas. La había visto en una foto que estaba sobre su escritorio. Daria Carides... Tan esbelta y espléndida después de haberse vuelto a casar, que no parecía ser madre de dos hijos adultos.

Theo agarró a Beth de la mano, fue hacia su madre y la besó en la mejilla.

–Lo siento, madre –miró a Beth y sonrió–. Estábamos... ocupados.

Daria esbozó una sonrisa cómplice.

Beth le lanzó una mirada fulminante a Theo, pero él se la devolvió con una sonrisa sin remordimientos.

–Estás demasiado flaco –dijo Daria, mirando a su hijo mayor de arriba abajo. El cruce de miradas entre Beth y Theo no había pasado inadvertido para ella.

La joven sintió un gran alivio al ver que la atención se desviaba hacia la madre de Andreas y Theo. Era divertido ver cómo el temible magnate de los negocios Theo Kyriakis recibía un tirón de orejas de su madre. Sin embargo, no estaba del todo de acuerdo con Daria. Era cierto que Theo era un hombre delgado y esbelto, pura fibra, pero ella nunca hubiera dicho que fuera «flaco». La palabra en sí sugería debilidad; un defecto que sin duda no estaba entre los muchos otros que sí tenía.

Bajó la vista rápidamente. Aunque no quisiera admitirlo, no podía sino reconocer que tenía un carisma sexual extraordinario, difícil de ignorar. Y era precisamente ese magnetismo suyo el que le garantizaba una larga cola de amantes ansiosas por satisfacer su vigorosa libido.

Su familia creía que ella era una de esas mujeres y, por tanto, también creía que se acostaba con él.

«El papel que me he comprometido a representar...», se dijo, pensando que lo más importante era no perder el sentido de la realidad. ¿Qué importaba lo que pensara la gente? ¿Acaso importaba que la creyeran una de tantas en la larga lista de amantes de Theo Kyriakis?

«Sí que importa», se dijo, incapaz de seguir engañándose. Ella no era como Theo. No podía recibir con indiferencia las opiniones ajenas.

–Eres igual que tu padre –dijo Daria, suspirando–. Lo quemas todo. Deberías bajar un poco el ritmo. ¿Quién es la joven que te acompaña, Theo?

Él extendió el brazo hacia Beth y ella dio un paso adelante, tomando la mano que le ofrecía.

–Ésta es Beth –dijo, tirando de ella.

Su tono de voz, a la vez posesivo y lleno de orgullo, hizo crecer el interés de su madre.

Beth logró arrancar su propia mirada de la de Theo y miró a su alrededor con una sonrisa en los labios.

–¿Sabe hablar? –preguntó Daria suavemente.

Beth miró a Theo fugazmente.

–Cuando puedo –dijo, en un tono bromista.

Al oír su voz, Andreas, que no dejaba de mirarla con ojos de asombro, habló de repente.

–¡Pero si es mi Beth! –exclamó, mirándola de arriba abajo y casi incorporándose de la silla–. ¿Qué te has hecho?

Al ver el revuelo que había causado en la mesa se encogió de hombros.

–Beth trabaja para mí –dijo sin más y entonces miró a su hermano–. No sabía que estuvierais... –sin terminar la frase, volvió a mirarla lentamente, tragó con dificultad y entonces masculló algo.

«Como una mujer...», pensó Beth, recordando la predicción de Theo. Andreas había reaccionado tal y como había dicho. Parecía que los ojos se le iban a salir de las cuencas.

En otras circunstancias hubiera odiado tener que darle la razón, pero esa vez todo era diferente. Era maravilloso sentirse apreciada y... deseada.

Sin embargo, por muy placentero que resultara, no era capaz de disfrutar del triunfo plenamente. Por alguna extraña razón, no podía sacarse de la cabeza la abrumadora presencia de Theo Kyriakis, por mucho que el hombre al que había amado durante tantos años la mirara boquiabierto.

–Beth, ésta es mi madre y su esposo, Georgios.

El hombre, de pelo canoso y constitución fuerte, sonrió y se puso en pie.

Daria Carides sonrió con efusividad.

–Beth... Qué nombre tan bonito. Ven y siéntate a mi lado, querida.

Nerviosa, Beth miró a Theo en busca de aprobación. Éste asintió con disimulo y se sentó al otro lado de ella.

Un momento después la joven sintió el roce de su poderoso muslo contra la pierna y entonces se revolvió un poco hasta romper el contacto. No quería explorar esas sensaciones que tanto la inquietaban.

–A Andreas ya lo conoces y, por supuesto... –Theo hizo una pausa y miró a la mujer que estaba sentada junto a su hermano–. Ariana. Creo que la conoces también. ¿Recuerdas a Beth, Ariana?

Ariana esbozó una de sus plásticas sonrisas, pero el fuego que bailaba en sus ojos la delataba.

Beth le revolvió la sonrisa, decidida a no dejarla ver lo asustada que estaba, y entonces Theo le puso el brazo alrededor de los hombros, de forma protectora. Era tan agradable sentir el calor de su piel, el roce de su muslo vigoroso...

–Beth, querida, ¿cuánto tiempo hace que os conocéis? –Daria le lanzó una mirada pícara a su hijo–. ¿Fue amor a primera vista?

–No. Yo pensaba que era el hombre más arrogante y cruel que jamás había conocido.

–Y yo pensaba que ella era una mojigata remilgada.

Andreas, que los escuchaba con el ceño fruncido, sacudió la cabeza.

–Sí que supisteis guardar el secreto. ¿Cuánto tiempo lleváis?

–A veces no hace falta tiempo para estas cosas –dijo Theo.

–¿Entonces ya habéis fijado una fecha? –le preguntó Beth a Andreas de repente, dándole una patada en la espinilla a Theo por debajo de la mesa.

Habiendo cambiado el tema de conversación, Beth no tuvo más remedio que aguantar un aburrido debate sobre bodas en primavera y trajes de novia de diseño.

Los entremeses ya habían sido retirados de la mesa y ya estaban terminando el primer plato, pero Ariana seguía enfrascada en el tema de las bodas.

–¿Cómo sería tu boda ideal, Beth?

Ella, que llevaba un buen rato en silencio sin aportar nada a la conversación, dio un pequeño salto al oír la voz de Daria.

–¿Cómo sería tu boda perfecta, Beth?

–Yo creo que la boda no importa demasiado. Lo que viene después es lo más importante –dijo, sin pensar.

–Yo pensaba que era el sueño de todas las niñas –dijo Georgios en un tono de broma.

–Bueno, creo que es una forma de verlo muy original –dijo Andreas, ajeno a la mirada fulminante que en ese momento le lanzaba su prometida–. ¿Sabes? –añadió, mirando a Beth con ojos cálidos–. Es que no puedo pensar en otra cosa. En el trabajo estás tan diferente. Tu pelo y...

–Andreas... –dijo su madre, riendo–. La chica no puede ir a trabajar a la oficina con un traje de noche.

–No. Es algo más. Es increíble.

–Pues deberías creértelo –dijo Theo, atravesando a su hermano con una mirada seria.

Andreas se incorporó de inmediato y se puso erguido.

–No hay ningún misterio –añadió Theo y entonces cubrió la mano de Beth con la suya propia.

Beth se sobresaltó un poco, así que él tuvo que apretarle un poco la mano para suavizar su rebeldía.

–Hoy en día las mujeres guapas también creen que

deben esconder su belleza para que las tomen en serio
–se llevó su mano a los labios y le dio un beso en la
palma.

Beth esperaba que todos se echaran a reír ante aquel
comentario, pero no fue así. Parecían habérselo tomado
muy en serio. Andreas la miraba como si acabaran de
golpearle la cabeza con un objeto contundente.

–Sí. Beth es... –se aclaró la garganta y bajó la vista–.
Quiero decir que lo eres, Beth. Muy guapa, quiero decir.

Beth hubiera querido disfrutar más del momento,
pero la afilada mirada de Ariana no la dejó. La despampanante rubia le clavaba los ojos como si fueran cuchillos.

«Y si soy tan guapa, ¿cómo es que no te habías fijado
hasta ahora?», se dijo, mirando al que había sido su
amado jefe durante tanto tiempo.

–Bueno, ya veo que te has llevado una gran sorpresa,
hijo –dijo Daria, dirigiéndose a su hijo menor, pero mirando a Theo.

Éste seguía sin soltar la mano de Beth y su madre
sonreía con disimulo.

–¿Cuántas veces oímos eso de «me pregunto con
cuántos se habrá acostado para conseguir el empleo»?
–dijo Georgios en un tono crítico.

–Bueno, creo que es una desafortunada consecuencia
de la sociedad moderna –apuntó Andreas.

–Pues yo nunca he tenido problemas para que me tomen en serio –dijo su prometida.

–Pero no todas las mujeres tienen tanta... confianza
como tú, Ariana –dijo su futura suegra en un tono tranquilo y entonces se volvió hacia Beth–. ¿Nunca te has
sentido tentada de sacarle partido a tu apariencia?

Beth tiró de la mano que Theo agarraba y la escondió
sobre el regazo.

–No. En realidad, no –dijo con total sinceridad.

No tenía necesidad de mirar a Ariana para saber que
la rubia estaba a punto de subirse por las paredes. De he-

cho, casi sentía pena por ella. Casi... Cuando el camarero le retiró el plato de la mesa, Beth sonrió. Bebió otro sorbo de vino y, al poner la copa sobre la mesa, volcó un poco del líquido. Con el pretexto de limpiar la roja mancha con una servilleta, miró a Andreas con disimulo.

Él no le quitaba ojo de encima...

Capítulo 9

BETH CERRÓ los ojos y dejó correr el agua fría sobre sus muñecas.

–¿Qué estoy haciendo? –se preguntó, dejando caer la cabeza.

–Eso mismo pienso yo.

El sonido de aquella voz profunda la hizo dar un salto. Sacó las manos rápidamente de debajo del grifo y se dio la vuelta, lanzando gotitas de agua por doquier.

–¿Qué estoy haciendo? –repitió–. ¿Qué estás haciendo tú? –miró por encima del hombro y respiró aliviada al ver que todos los cubículos del aseo estaban vacíos–. Por si no te has dado cuenta, éste es el lavabo de señoras –le dijo, atravesándolo con una mirada acusadora–. ¿Me estás siguiendo?

–Es evidente que sí –dijo Theo, secándose las gotas de agua de la corbata con un gesto de irritación.

–¿Por qué?

–Pensé que te habías perdido.

Beth puso los ojos en blanco.

–Pensabas que me había escapado.

Él admitió la acusación encogiéndose de hombros.

–Pensé que era posible. Cuando te levantaste de la mesa parecías tan... ofuscada.

Beth bajó la vista.

–¿Alguien te dijo algo? –le preguntó. Había intentado estar pendiente de ella todo el tiempo, pero a veces era difícil seguir todas las conversaciones simultáneas.

Beth apretó los labios y sacudió la cabeza.

–No –dio media vuelta y comenzó a meter en el bolso

todas las cosas que había sacado mientras buscaba los pañuelos de papel, justo antes de recordar que finalmente se habían quedado en casa porque no cabían.

Theo avanzó hacia ella y apoyó el codo en la encimera de mármol donde ella tenía el bolso. El silencio se dilataba y él no dejaba de mirarla, sin decir nada.

Incapaz de aguantarlo más, la joven arrojó con rabia un pintalabios dentro del bolso y se volvió hacia él.

–¿Qué?

Él la miró fijamente un instante. Elizabeth Farley no sabía mentir.

–No he dicho nada, pero es evidente que algo te incomodó.

Ella abrió la boca para protestar, pero él siguió adelante.

–Así que no te molestes en negarlo –añadió–. A mí me han mentido auténticos expertos, y tú no eres uno de ellos. Conozco a críos de cuatro años que mienten mejor que tú. Eres completamente transparente para mí.

Ella le dedicó una mirada de verdadero desprecio y metió las manos debajo del secador automático, aunque ya se le hubieran secado.

–Haces que parezca algo malo –dijo, alzando la voz por encima del ruidoso aparato–. No todo el mundo cree que la incapacidad para mentir es un defecto, ¿sabes?

Él esbozó una sonrisa triunfal.

–Entonces admites que estabas mintiendo.

La joven apretó los dientes y deseó encontrar la forma de borrarle aquella sonrisa cínica de la cara.

–No sabía que ir al lavabo de señoras fuera motivo suficiente para tener que someterse a un interrogatorio. ¿Has traído las agujas de tortura?

Theo continuó mirándola, sabiendo que la hacía sentir cada vez más incómoda.

–¿Y si...? –miró por encima del hombro–. ¿Y si alguien entra y te encuentra aquí? –le preguntó, nerviosa.

A él no parecía preocuparle en lo más mínimo.

–Supongo que pensarán que sentí la necesidad de estar a solas contigo.

Beth parpadeó varias veces.

–¿Y por qué ibas a querer estar a solas conmigo?

Él levantó una ceja y esbozó una media sonrisa cínica.

–¿Por qué quieren los hombres estar a solas con mujeres hermosas? –le dijo, mirándole los labios. Había un oscuro resplandor en sus ojos que la hacía estremecerse.

De repente, Beth se dio cuenta de lo que quería decir y entonces se sonrojó intensamente.

–¡Eres tan desagradable! –le espetó con desprecio, volviéndose hacia el bolso para seguir guardando las cosas.

–Y tú, Elizabeth, estás intentando cambiar de tema –dijo él. Su voz, tan suave y aterciopelada como el chocolate negro, sonaba demasiado cerca.

Cansada de intentar meter las cosas a presión, Beth le miró con rabia y se apartó un mechón de pelo de la cara.

–Ése es el tema.

–No. La forma en que abandonaste la mesa, como un ratón asustado... Ése es el tema. ¿Qué pasó? ¡Quiero saberlo! –le dijo él en un tono repentinamente brusco.

Sus miradas se encontraron.

Beth vio una determinación inquebrantable en aquellos rasgos de acero y entonces vaciló. Hablaba muy en serio. Theo Kyriakis no era un hombre de mentiras y estratagemas. Él siempre llegaba hasta el final; siempre cumplía sus amenazas y promesas.

La joven soltó el aliento y levantó las manos en un gesto derrotista.

–Muy bien. ¿Quieres saberlo? De acuerdo.

Theo aguzó la mirada y escuchó.

–¿Y bien?

–Si quieres saberlo... Andreas... Él... Pensé que era la pata de la mesa, pero entonces... Me rozó la pierna con el pie.

Theo apretó los puños, pero su voz se mantuvo ecuánime y sosegada.

–¿A mi hermano le dio por esos jueguecitos contigo en la mesa? –le preguntó, pensando que Andreas era toda una caja de sorpresas.

Beth asintió.

–¿Y tú te fuiste corriendo?

–¿Y qué querías que hiciera? ¿Querías que le siguiera la corriente? –exclamó indignada.

–Bueno, ¿no era ésa la idea? ¿No llevas tres años soñando con que él se te insinuara?

Beth no pudo sino admitir que él tenía razón. Y sin embargo... Eso que tanto había ansiado durante tanto tiempo no había producido el efecto que ella siempre había imaginado.

–Pero él está prometido.

–De momento.

–Y ella estaba allí sentada, y tú también y... Sería como... –la joven bajó la voz, algo avergonzada de lo que iba a decir–. Sería una traición.

–Odio tener que decírtelo, pero tú y yo no estamos verdaderamente juntos, así que no sería una traición.

–Pero Andreas no lo sabe.

–No estás pensando de forma racional.

Beth lo fulminó con una mirada y abrió la boca para negar lo que decía, pero al final no pudo. El torbellino de emociones que rugía dentro de su cabeza tenía muy poco de racional. Soltando un gemido de frustración, se dio la vuelta pero, justo antes de que pudiera meter las manos debajo del secador, Theo las capturó y la hizo volverse hacia él.

Ella forcejeó bastante, pero él se mantuvo firme, agarrándola de las muñecas con tenacidad. No había nada que hacer. Unos segundos más tarde, le miró con impotencia y dejó de resistirse.

–Eso... –dijo él, mirando el secador–. Hace más ruido que un avión aterrizando, y ya tienes las manos secas –la hizo poner las manos con la palma hacia arriba y deslizó el dedo pulgar sobre la superficie.

Mientras le veía dibujar un exótico arabesco con la punta del dedo sobre las palmas de sus manos, Beth sintió un extraño mareo. El contacto activaba una reacción en cadena que despertaba cada nervio de su ser.

Y entonces él la soltó por fin y la agarró de la barbilla.

—Nunca pensé que funcionaría —admitió ella, al ver el interrogante que parpadeaba en los ojos de él—. Pero supongo que tienes razón. Sí que desea lo que tú tienes o... Lo que cree que tienes. Nunca pensé que Andreas fuera de esa manera.

—Mi hermano cambia de mujer como de chaqueta.

—Lo sé, pero antes no estaba comprometido.

—Ya veo que acabas de descubrir que tu adorado ídolo es humano después de todo. ¿Ya no lo amas porque no está a la altura de tus expectativas?

—Claro que lo amo —dijo Beth, sin sonar muy convincente—. Claro que sí —añadió, en un tono más contundente.

—Entonces deberías alegrarte de que las cosas vayan tan bien —le dijo y la miró con una expresión astuta que la hacía sentir muy inquieta.

—Haces que todo esto parezca una sórdida estratagema y... Yo no quiero tenderle una trampa a Andreas —dijo ella, haciendo una mueca.

Él esbozó una sonrisa cínica.

—Las mujeres llevan siglos haciéndolo.

Ella lo miró con los ojos echando chispas.

—Si yo fuera tan cínica como tú...

—Eso es imposible —dijo él, interrumpiéndola y observando con interés su rostro enfurecido. Elizabeth Farley tenía una extraña mezcla de temperamento incontenible e idealismo inocente.

—Tú has convertido a Andreas en un príncipe azul en tus sueños. Pero no lo es. Ningún hombre lo es. Y la pregunta es... ¿Quieres un hombre de verdad o una fantasía?

Ella sacudió la cabeza y el cabello se le alborotó alrededor de la cara.

Él la sujetó con fuerza de la barbilla, la miró intensamente y entonces le apartó un pequeño mechón de pelo de la cara.

El resplandor de aquellos ojos misteriosos era hipnótico. Beth sintió que el pecho se le apretaba, lleno de emociones que pugnaban por salir. Estaba lo bastante cerca como para sentir el calor de su cuerpo; el aura vibrante de su masculinidad...

Suficiente para que el mundo comenzara a dar vueltas a su alrededor. Soltó el aliento de forma entrecortada, cerró los ojos un instante y trató de recuperar la objetividad.

Él sintió el estremecimiento que la recorría bajo la yema del dedo y entonces sus miradas se encontraron. Verde tormenta contra el negro más profundo.

—Eso es asunto mío —dijo Beth, haciendo un gran esfuerzo.

La antipatía que sentía por él se estaba convirtiendo en otra cosa. Y él lo sabía.

—Hace calor aquí —añadió, apartando la vista de él rápidamente.

Theo la miró una vez más. Un violento impulso primario casi le obligaba a besarla, pero él no era hombre de arrebatos. Aquello no estaba previsto, pero tampoco supondría ningún problema. De hecho, la química que había surgido entre ellos podía serle de ayuda, siempre y cuando no perdiera el sentido de la realidad.

Pero él nunca perdía el sentido de la realidad. Se puso erguido y retrocedió un paso. Era más difícil perder el sentido de la realidad si había un poco de espacio en medio. De pronto vio algo por el rabillo del ojo.

No estaban solos.

El perfume de Ariana...

Cambiando de dirección, se interpuso en el camino de Beth y la agarró de la cintura.

–¿Qué...? –atinó a decir la joven, sorprendida, pero no terminó la frase.

La expresión de Theo, seria y circunspecta, no dejaba lugar para la vacilación. De pronto la alzó en el aire y la sentó sobre la encimera del lavabo.

–Te deseo.

Totalmente desconcertada, Beth sacudió la cabeza. Los oídos le pitaban y unas luces brillantes danzaban delante de sus ojos. La cabeza le daba vueltas y apenas podía respirar.

«Va a besarme... De nuevo... Y lo peor es que quiero que vuelva a hacerlo.», se dijo, paralizada.

Un segundo después los labios de él estaban sobre los suyos propios, devorándola con pasión. Ella se incorporó un poco y puso las piernas a cada lado de él, apretándose contra su cuerpo duro y varonil, rodeándole el cuello con los brazos, abandonándose a aquel frenesí improvisado... Con cada embestida de su boca sedienta, la joven sentía un extraño cosquilleo en el bajo vientre; una tensión que le retorcía los músculos de la pelvis. El placer y el dolor se habían vuelto uno, pero ella no quería que acabara. Quería que aquel beso durara para siempre.

Estaba en sus brazos, rendida y dócil, emitiendo gemidos que lo volvían loco. La tensión sexual que había entre ellos había explotado por fin...

Theo perdió la cabeza. La mente se le quedó en blanco y terminó olvidando por qué la besaba.

¿Por qué la besaba? Porque era maravilloso; porque era lo que tenía que hacer...

Beth se retorció en sus brazos y entonces sintió sus manos en la espalda, deslizándose suavemente.

–Mm... –exclamó al sentir un mordisco en los labios. Él agarró un pedacito de carne entre los dientes y tiró sutilmente, arrebatándole la última pizca de sentido común que le quedaba–. Sí –añadió, sintiendo el tacto de una mano sobre uno de sus pechos. La sed que sentía por él corría por sus venas como un río de fuego, abrasándola por dentro.

Le clavó las puntas de los dedos en los duros músculos de su abdomen plano y así consiguió arrancarle un jadeo de placer; salido del rincón más profundo de aquel pecho de hierro.

—Siento interrumpir.

Beth abrió los ojos y trató de disipar el furor sexual que abrumaba sus sentidos.

Ariana estaba en el umbral y, al verlos, soltó una pequeña risita, dio media vuelta y cerró la puerta tras de sí.

Theo asintió con la cabeza, satisfecho.

—Creo que ha visto suficiente.

—Tú sabías que estaba ahí —Beth se detuvo y deseó no haber formulado una pregunta tan estúpida. Todo había sido una farsa para impresionar a Ariana. Aquella repentina explosión de lujuria incontrolable no podía estar más lejos de la realidad.

Sintió ganas de llorar, pero contuvo las ganas. El orgullo se lo impedía.

—¿Tú no? —le preguntó él, mirándola fijamente a la cara.

—Al principio no. Pensaba que habías perdido el juicio —le dijo.

Theo no la creyó ni por un segundo.

—Pero su perfume la delata —añadió ella.

Molesta y frustrada, le vio volver a meterse la camisa por dentro del pantalón.

Definitivamente ella también había participado en aquel beso. El calor que había generado aún estaba en el interior de su vientre.

—Me gusta más el tuyo —dijo él—. Es más sutil —añadió, aspirando el suave aroma floral y mirando sus labios.

—Yo no llevo perf... —Beth se puso tensa al sentir las manos de él alrededor de la cintura.

–Relájate –le dijo, esbozando una sonrisa al tiempo que la bajaba de la encimera del lavabo.

No la soltó de inmediato. Siguió agarrándola de la cintura durante un momento, inmóvil, pegado a ella.

Beth trató de luchar contra la reacción, siempre repentina, que producían las manos de Theo Kyriakis sobre su cuerpo. ¿Cómo era que se sentía tan atraída por un hombre tan sombrío y serio?

–Me vas a arrugar el vestido.

Sus miradas se encontraron y, durante un breve instante, Beth pensó que iba a volver a besarla, pero entonces él bajó la vista y la soltó por fin.

–¿Y si... le dice a alguien lo que ha visto? –preguntó ella de pronto, aterrada ante la idea.

–Eso espero. Tengo mucha fe en el instinto venenoso de Ariana –dijo él, recordando la voz sibilante y traicionera de la rubia.

Beth no tenía forma de defenderse de una mujer tan vengativa y resentida.

«Ni tampoco de un hombre como yo».

Theo apretó la mandíbula y cerró la puerta tras la que asomaban esos pensamientos nocivos.

–No me encuentro bien –dijo Beth, haciendo una mueca.

–¿Tienes náuseas?

Ella le lanzó una mirada de irritación.

–No. No estoy enferma –le dijo en un tono de pocos amigos.

No estaba enferma, pero quizá sí estuviera un poco loca. Ésa era la única explicación para lo que acababa de hacer. Si Ariana no la hubiera devuelto a la realidad, ¿qué hubiera pasado?

Sacudió la cabeza, sin atreverse a llegar al final de aquel pensamiento.

–¿Entonces qué pasa?

La joven levantó la vista.

–Pasa que me siento sucia después de que me manosearas todo lo que has querido –en cuanto las palabras salieron de su boca supo que no había sido buena idea sacar ese tema a colación.

Theo esbozó una media sonrisa burlona. Sin embargo, no había ironía en su mirada.

–Tú tampoco te has quedado corta.

Beth se sonrojó de pies a cabeza y entonces no pudo evitar mirarle los labios. Recordaba su sabor, la textura de sus labios... Respiró hondo y cruzó los brazos, ahuyentando los pensamientos peligrosos.

Él se estaba apretando la corbata, como si nada hubiera pasado.

–¿Sabes? En la mesa sentí pena por Ariana.

Theo la miró con incredulidad.

–Ya veo que no tienes ningún instinto de supervivencia. Tú serías capaz de meterte en la guarida del león pensando que sólo quiere jugar contigo –le dijo en un tono mordaz.

Beth parpadeó varias veces al oír aquel exabrupto de ironía gratuita. ¿A qué venía todo aquello?

–¿Quieres que Andreas se case con una víbora manipuladora y cruel?

Beth soltó el aliento con brusquedad.

–Creo que tú podrías darle una clase magistral de manipulación y crueldad –le espetó Beth, recordando el calor abrasador de sus labios–. Tú no puedes tenerla, así que no quieres que tu hermano la tenga –añadió con voz temblorosa.

Theo se encogió de hombros con indiferencia. Sin embargo, el duro rictus de su mandíbula indicaba algo distinto. Sin decir ni una palabra, le abrió la puerta y la invitó a pasar con la expresión de su rostro. Pero Beth titubeó.

–¿Qué pasa ahora? –le preguntó, al límite de la paciencia.

– Ya que quieres saberlo, la idea de volver a entrar ahí, sabiendo que la gente está pensando... lo que están pensando... –la joven soltó el aliento con brusquedad.

Él esbozó una de sus sonrisas más irónicas.

–¿A qué te refieres?

–Estarán pensando que soy la clase de chica que... –se detuvo y se mordió el labio inferior.

Theo soltó una carcajada.

–Si cuando dices «gente» te refieres a Andreas, no te preocupes. Ésa es la clase de chica que le gusta.

–¿Y qué clase de chica te gusta a ti? –sin saber lo que estaba diciendo, Beth escuchó con horror las palabras que acababan de salir de sus labios–. ¡Dios mío! Lo he dicho en alto, ¿no?

Theo sonrió.

–Me gusta la variedad, Elizabeth.

–¿Quieres decir que no eres muy exigente? Personalmente, yo prefiero la calidad a la cantidad –le dijo en un tono de falsa experiencia, como si fuera una experta en el tema.

–Aunque los detalles de tu vida sexual me parecen de lo más fascinantes... –le dijo él, sonando irónico, pero auténtico–, creo que deberíamos reunirnos con los demás antes de que manden a husmear a otro –le dijo.

«O si no te vuelvo a besar...».

–Muy bien –dijo ella, apresurándose para no quedarse rezagada. Era difícil seguirle el ritmo con la falda larga del vestido y los tacones de vértigo.

De pronto él se detuvo un instante y la esperó, cruzando los brazos.

–No te entretengas.

–¿Por qué no te pones este vestido y pruebas a caminar con él? –le dijo con ironía.

Él hizo una mueca.

–Creo que no me apetece –contestó él con burla.

–Y también los tacones –añadió ella, señalándose los dedos de los pies para enfatizar–. Y, por si no te has dado cuenta, las piernas no me llegan hasta las orejas.

La mirada de Theo se deslizó sobre la curva delicada de su tobillo, subiendo por la pantorrilla. En su cabeza, no eran sus ojos, sino sus dedos los que acariciaban aquellas piernas exquisitas, apartando el tejido negro del traje y subiendo más y más hasta llegar al calor de su... Se detuvo de repente y levantó la vista bruscamente. Eso era lo que ocurría cuando un hombre dejaba de lado sus necesidades más primarias. Definitivamente ya era hora de buscar a una sustituta para Camilla.

–¿Quieres que te diga que tienes unas piernas preciosas? Muy bien, te lo diré. Tienes unas piernas preciosas –le dijo en un tono de aburrimiento.

–El día que necesite tu aprobación lloverán ranas –le espetó con la frente bien alta. Sujetándose el borde de la falda, pasó por delante de él con gesto de indiferencia y siguió adelante.

Sin embargo, al llegar junto a la puerta de la sala, se detuvo.

–No podemos entrar juntos –dijo.

–Déjame adivinar –dijo Theo, mirando hacia el techo–. ¿Qué va a pensar la gente?

Capítulo 10

A PESAR de la ironía y la burla, Theo accedió a esperar un poco antes de volver a entrar.

No parecía comprender el motivo de su incomodidad, pero eso tampoco era ninguna sorpresa. ¿Cómo iba a entender sus sentimientos un hombre que tenía tanta sensibilidad como un rinoceronte?

Para el alivio de Beth, nadie hizo ningún comentario malintencionado acerca de su larga ausencia. Theo dejó de jugar a los enamorados y comenzó a ignorarla por completo; tanto así, que daba la impresión de que habían tenido una fuerte discusión.

La joven pudo relajarse un poco por fin y, de no haber sido por los afilados ojos de Ariana y las insistentes miradas de Andreas, podría haber llegado a disfrutar de la velada.

Estaban tomando el café cuando le sonó el móvil.

—Disculpen —dijo, esbozando una sonrisa y sacando el teléfono de su diminuto bolso de fiesta.

Theo la observó con atención mientras leía el mensaje de texto y vio cómo cambiaba la expresión de su rostro, pasando de la tranquilidad al miedo en un abrir y cerrar de ojos.

De pronto se dio cuenta de que no sabía nada de su vida. No sabía si tenía familia o amigos; si le gustaba la comida china, la italiana... Toda esa información podía ser muy útil para dar la imagen de una pareja enamorada.

—¿Algún problema con los contratos? —le preguntó Andreas en cuando cerró el móvil—. El contable no tuvo ningún problema con las cifras cuando las revisé con él, así que todo debería estar en orden.

Beth sacudió la cabeza.

–No. No es de trabajo. Es algo personal.

–¿Personal? –repitió Andreas.

–Sí –dijo ella en un tono un tanto más brusco de lo normal.

Andreas la miró con ojos de sorpresa, perplejo.

–Hay vida más allá de la oficina –añadió ella. Ya estaba cansada de los hermanos Kyriakis. Ya había tenido suficiente para una noche.

En otras circunstancias se hubiera sentido culpable al ver la expresión dolida que se apoderaba del rostro de Andreas, pero en ese momento todos sus pensamientos estaban puestos en la residencia de adultos. Miró a su alrededor y se disculpó con una sonrisa, dejando a Theo para el final. Seguramente no le haría mucha gracias verla marchar antes de tiempo, sobre todo después de todas las molestias que se había tomado, pero eso era lo último que le importaba a Beth en ese instante. Theo Kyriakis podía enfadarse todo lo que quisiera.

–Me temo que tengo que marcharme. Mi abuela no se encuentra bien.

Ocho meses antes su abuela había sufrido un infarto leve y los médicos le habían dicho que las cosas podían ir a peor. Sin embargo, el profundo pánico que había sentido en aquellos primeros momentos no había tardado en disiparse al ver que su abuela se recuperaba sin secuelas.

–Espero que no sea nada grave –dijo Daria.

Theo la vio entrelazar las manos, apretándolas hasta hacer palidecer los nudillos. Claramente sus pensamientos ya estaban en otra parte.

–Me dicen que no, pero... –dijo Beth, esbozando una sonrisa tensa.

–Bueno, en ese caso, no hay ninguna prisa, ¿no? –dijo Andreas en un tono impaciente, interrumpiéndola.

Ariana lo fulminó con una mirada de fuego y entonces bajó la vista.

–Lo siento, pero...

–Se tiene que ir, Andreas –dijo Theo de repente, mirando a su hermano con una expresión irritada. De repente soltó la servilleta y se puso en pie. Beth no daba crédito a lo que veía.

El mayor de los hermanos Kyriakis le dio un beso en la mejilla a su madre y le dijo algo al oído en su lengua materna.

Beth se puso en pie, agradecida. Por lo menos no le estaba poniendo las cosas más difíciles. Georgios se incorporó y, después de recibir una mirada enérgica de su madre, Andreas hizo lo mismo.

–Esperamos que tu abuela se recupere pronto –dijo Daria, dándole un beso en la mejilla–. Y, si es posible, nos gustaría volver a verte el mes que viene, ¿verdad, Theo?

Algo distraída, Beth apenas escuchó la respuesta de Theo, pero sí oyó lo suficiente como para saber que él había aceptado la irónica invitación de su madre.

No volvieron a hablar hasta salir a la calle.

–Lo siento mucho –dijo ella, extendiendo una mano.

Él la miró con sus oscuros ojos velados, pero no le estrechó la mano.

–¿Por qué te disculpas?

–Bueno, he estropeado todos tus planes –dijo ella, dejando caer la mano.

–Tú no tienes la culpa de que tu abuela enfermara, ¿no?

Ella abrió los ojos bruscamente, indignada.

–¡Claro que no!

Él se encogió de hombros.

–Entonces no hay nada más que decir. Hay cosas en la vida que no podemos controlar.

Por suerte la frustración sexual que se había apoderado de él recientemente no era una de esas cosas.

–Bueno, gracias –dijo ella en un tono de desconcierto al tiempo que veía acercarse un taxi–. Siento que no haya funcionado, pero... –impaciente por marcharse de allí y preocupada por su abuela, sacudió la cabeza–. Voy a... –se acercó al borde de la acera.

–¿Qué haces? –preguntó él de repente.

Había empezado a llover y la suave llovizna le humedecía los párpados y las pestañas.

–Voy a parar un taxi –le dijo, mirando la mano que la agarraba a la altura del codo.

–No seas tonta. Yo te llevo.

Beth lo miró con ojos de asombro.

–Ni siquiera sabes adónde voy.

–Pero lo sabré cuando me lo digas.

Beth consideró todas las posibilidades. No quería ir con él, pero no había duda de que en su coche llegaría mucho antes. Además, ni siquiera había podido meter el monedero en aquel ridículo bolso diminuto.

No tenía dinero, así que no había más que una alternativa.

–Muy bien... Gracias.

Ya en el garaje subterráneo, Theo le dijo al conductor que no necesitaba de sus servicios y entonces abrió la puerta del acompañante para ella.

–¿Quieres que vaya a buscar a alguien más antes de ir a ver a tu abuela? ¿Tus padres?

Beth volvió la cabeza.

–No. Mis padres... murieron... Un accidente de tren. Tenía siete años así que no lo recuerdo muy bien.

Lo único que recordaba era haberse despertado en el hospital, llorando sin parar, con un terrible dolor en los pies a causa de las quemaduras. Su abuela no la había dejado ni un momento durante aquellos tiempos difíciles. Había pasado semanas durmiendo en un butacón reclinable junto a su cama.

–¿No tienes familia?

Beth se mordió el labio y miró por la ventanilla para esconder las lágrimas que inundaban sus ojos.

–Sólo tengo a mi abuela. Ella me crió.

A partir de ese momento Theo no volvió a preguntarle nada más. Sólo se limitó a pedirle instrucciones y Beth le dio la información necesaria para llegar a la residencia. Sus pensamientos estaban con su abuela. ¿Cómo iba a vivir sin ella si algún día...? Imposible.

Cuando llegaron a la residencia el director les dio una cálida bienvenida.

–El médico está con su abuela en este momento –le dijo a Beth.

–¿Cómo está? ¿Cree que será necesario volver a ingresarla en el hospital? –preguntó, temerosa de escuchar la respuesta a sus preguntas.

El director sacudió la cabeza y puso una expresión positiva.

–Todavía no lo sabemos, pero Prudence es una señora muy fuerte. La acompaño arriba –miró a Theo con curiosidad–. ¿Quieren verla los dos?

Beth sacudió la cabeza y se apresuró a hablar.

–No. Theo es un amigo que me ha traído en coche –se volvió hacia él–. Gracias –le dijo con sinceridad.

Theo se sentó en uno de los asientos y se dispuso a esperar. No quería pensar en la repentina ternura que había sentido al verla subir la escalera. No quería pensar en la punzada de dolor que había sentido al oírla decir que sólo era «un amigo»...

Una media hora más tarde Theo la vio en lo alto de la escalera. La intensa luz de las lámparas del techo iluminaba su cabello aterciopelado y resaltaba la humedad que le cubría las mejillas.

Dejó la taza que tenía entre las manos y se puso en pie rápidamente para recibirla.

–Lo siento.

Beth llegó al final de las escaleras y se detuvo al oír el sonido de su voz.

–No... No –se frotó las mejillas con la palma de la mano y sacudió la cabeza–. No. No estoy llorando... Bueno, sí lo estoy... –admitió entre sollozos–. Pero no es porque... Mi abuela está bien –dijo, esbozando una sonrisa de esperanza–. Es sólo que siento un gran alivio.

Theo respiró profundamente, también aliviado.

–Me alegro de que esté bien.

Ella volvió a sonreír y su sonrisa le iluminó toda la cara.

–Me has esperado –dijo, frunciendo el ceño, desconcertada–. Pensaba que te habías marchado.

–Pensé que quizá necesitarías...

–¿Un hombro sobre el que llorar? –se detuvo y la sonrisa se borró de su rostro–. Bueno, ahora en serio... ¿Por qué me has esperado?

El imperturbable Theo Kyriakis no era precisamente un pozo de consuelo, aunque, si se trataba de hombros sobre los que llorar, los suyos eran lo bastante anchos como para llorar hasta quedarse sin lágrimas.

–Pensé que ibas a necesitar a alguien que te llevara.

Beth lo miró con ojos confusos. Si hubiera sido cualquier otra persona, hubiera pensado que había algo de inseguridad en su actitud, pero Theo Kyriakis no era de los que vacilaban.

¿Acaso tenía miedo de arruinar su reputación con un simple gesto compasivo?

–Realmente no era necesario que te quedaras.

Él se encogió de hombros.

–No he perdido el tiempo. Hice algunas llamadas importantes y, como puedes ver, me han atendido muy bien –miró la taza y el plato de galletas intactas. Nunca había sentido debilidad por los dulces.

–Me alegro de que te hayan traído una taza de té.

–Bueno, en realidad no sé muy bien qué es.

Beth se rió. Sentía un alivio tan grande que en ese

momento no podía ver más que lo mejor de las personas, incluso tratándose de alguien como Theo Kyriakis.

–¿Quieres que te lleve a casa?

Beth lo miró un instante y titubeó.

–No quisiera ponerte en un compromiso –le dijo, sin saber si el ofrecimiento era sincero.

Él levantó las cejas.

–¿Quieres que te lleve? –repitió en un tono enérgico. La paciencia no era su punto fuerte.

Al ver la chispa de irritación que encendía su mirada, Beth se relajó un poco. El Theo cortés y amable era más inquietante que el déspota insufrible de siempre.

–Sí, te lo agradezco –le dijo, asintiendo con la cabeza.

En otras circunstancias, él se hubiera sentido tentado de preguntar cuánto se lo agradecía, pero aquél no era el momento para comentarios insolentes.

La acompañó de vuelta al vehículo, se puso frente al volante y entonces esperó.

Al ver el interrogante en sus ojos, Beth sacudió la cabeza.

–¿La dirección?

–Claro. Lo siento –le dijo.

Theo se llevó una gran sorpresa al ver dónde vivía. Su casa estaba en una zona privilegiada de la ciudad; un área residencial en la que vivían numerosos banqueros, personajes ilustres y muchos extranjeros adinerados que escogían la zona por las buenas comunicaciones, la calidad de los colegios y la abundancia de parques y espacios verdes. A él no le gustaba inmiscuirse en las vidas ajenas, pero Beth no se comportaba como un miembro de la élite. Sin embargo, en cuando se detuvo en aquella amplia avenida flanqueada por sendas hileras de árboles robustos, las piezas del puzle encajaron sin problemas. Un portón doble daba acceso al enorme caserón, sin duda el más grande de toda la calle, pero toda la propiedad parecía estar en un severo estado de abandono. El lugar apenas parecía habitable. El sueño de cualquier especulador, la propiedad debía de valer una pequeña fortuna.

–Se puede vivir perfectamente en el ala oeste –dijo Beth al ver su mirada de asombro–. Pero el techo del ala este está muy deteriorado –admitió con un suspiro.

El presupuesto que le habían dado el año anterior para arreglarla era irrisorio.

–Es una casa impresionante –dijo Theo con diplomacia.

Una expresión de tristeza se apoderó de la joven.

–He visto fotos de la casa de cuando mi abuela vino a vivir aquí, justo después de casarse. Era una casa preciosa. Entonces tenían sirvientes y los jardines eran maravillosos... Todavía salen muchos narcisos en primavera.

–¿Vives aquí sola? –preguntó Theo, pensando que no podía haber un sitio menos apropiado para una joven solitaria.

–Hasta que vuelva mi abuela.

–¿Tu abuela no vive en la residencia de forma permanente?

Ella le lanzó una mirada desafiante.

–No. Va a volver a casa.

–¿Y hasta entonces estarás sola?

Beth asintió y abrió la puerta del acompañante.

–Me gusta así.

Theo dejó pasar aquella mentira evidente.

–Te acompaño dentro.

Beth sacudió la cabeza con insistencia.

–No. Estaré bien.

Antes de que pudiera decir nada más, ella huyó de su lado. Un momento más tarde se encendió una luz en el interior de la casa y Theo no tuvo más remedio que marcharse.

Uno de los lados del portón se soltó de las bisagras y cayó al suelo tras el coche en marcha.

Capítulo 11

THEO ENTRÓ en las oficinas y su mirada se fue directamente hacia el escritorio que estaba en la esquina. Vacío. Frunciendo el entrecejo, fue hacia la puerta cerrada del despacho de su hermano y entró sin llamar. Los hombres no valoraban las cosas fáciles. Para muchos de ellos, la persecución era una parte fundamental del ritual del cortejo y Andreas era uno de ésos. ¿Cuántas veces le había oído decir que las cosas fáciles no duraban? Una mujer corriente no necesitaba que le explicaran todas esas cosas para poder entender a los hombres, pero Beth no era una mujer corriente. Esa convicción había llegado tras una larga noche de insomnio y pensamientos convulsos. Beth Farley no era como las demás. ¿Acaso era demasiado tarde para hacerle entender lo más importante? ¿Había besado a su hermano igual que lo había besado a él la noche anterior? De ser así, Andreas no debía de haber demostrado tanto autocontrol como él.

Estaba convencido de que se iba a encontrar con una escena amorosa, pero la realidad no podía estar más lejos de sus suposiciones. El escritorio de Andreas estaba repleto de carpetas abiertas. Había papeles por todo el suelo y su hermano examinaba los documentos mientras mascullaba juramentos entre dientes.

Theo se echó a reír.

–¿Qué es tan divertido? –preguntó Andreas, indignado.

Theo levantó las cejas con una expresión burlona.

–¿Hay algún problema?

–¿Te lo puedes creer? Algún idiota... –dijo Andreas, furioso–. Estaba haciendo un agujero en la calle y ha dañado un cable de electricidad.

–Creo que he visto cierto revuelo ahí fuera –dijo Theo.

Andreas sacudió la cabeza con énfasis.

–Y yo que pensaba que no se te escapaba una. ¿Cierto revuelo? Hay unos doce camiones ahí fuera.

–Es que tengo otras cosas en la mente.

–Como dicen, el amor deja el cerebro hecho papilla.

Theo guardó silencio.

–Te habrás dado cuenta de que los ascensores no funcionan, ¿no? –añadió Andreas.

–Yo no uso el ascensor. Me gusta subir por las escaleras –dijo Theo y le miró la barriga–. A lo mejor deberías seguir el ejemplo.

Andreas frunció el ceño. Ya se había cansado del buen humor de su hermano mayor.

–Claro. Lo seguiré cuando me dé por ir al gimnasio y por dejar de afeitarme durante una semana –añadió, en un tono sarcástico–. A diferencia de ti, yo no le veo sentido a los esfuerzos innecesarios, el contacto con la naturaleza y todo ese discurso tuyo. Lo mío son las aceras, el pavimento, los ascensores, los ordenadores... Sobre todo, los ordenadores. ¡Necesito esas cifras! –aguzó la expresión de los párpados–. ¿Te estás riendo de mí?

Theo se puso serio.

–Lo siento, pero es que es toda una novedad verte trabajar y sudar en condiciones.

–Sí. Todos sabemos que tú eres el mejor ejemplo del trabajo duro. Jamás le pides a nadie que hagan algo por ti. Pero a otros nos gusta delegar y rodearnos de los mejores profesionales.

–Hablando de los mejores profesionales, ¿dónde está Elizabeth?

–Si te refieres a Beth, no tengo la menor idea. No vino a trabajar. Yo supuse que tú eras la razón, así que...

Theo apoyó las manos sobre el escritorio.

−¿Beth no ha venido a trabajar?

−No, y ya que estamos te digo que no podía haber escogido un día peor para ausentarse. Es la primera vez que falta al trabajo.

Theo sintió una punzada de ansiedad.

−¿No ha llamado ni ha dejado un mensaje?

−No.

Theo miró a su hermano fijamente. Andreas no parecía ni remotamente preocupado; tan sólo había incredulidad en su mirada.

−¿Y no se te ha ocurrido pensar que puede haber ocurrido algo?

Sorprendido ante la violencia contenida que escondía aquel tono de voz, Andreas levantó las manos en gesto de paz.

−No. Como he dicho antes, di por sentado que estaba contigo −examinó la rígida expresión de su hermano con ojos curiosos−. ¿Habéis tenido una pelea?

Theo tomó una carpeta del escritorio y se la ofreció a su hermano.

−Creo que esto es lo que buscas.

−Bueno, ¿cómo...? ¿Cómo lo has sabido? −preguntó Andreas, anonadado.

Al levantar la vista de los papeles, se dio cuenta de que le estaba hablando al aire. Theo se había esfumado.

Cuando Theo paró delante de la casa, ya había otro coche aparcado. El lugar parecía aún más destartalado de día. Sin duda, la decadente grandeza de aquella mansión ruinosa no debía de sentar muy bien a los residentes de aquella zona de lujo.

Justo cuando avanzaba hacia ella por el camino, la puerta de entrada se abrió y salieron dos hombres. No era difícil adivinar a qué se dedicaban, a juzgar por su atuendo y su actitud.

El rostro de Beth lo decía todo. Sus ojos, tristes y grandes.

Una avalancha de emociones insospechadas recorrió las entrañas de Theo. Estaba tan pálida como un fantasma y había oscuras ojeras bajo su mirada hueca.

–Estoy bien –dijo ella antes de que él pudiera decir nada.

¿Por qué estaba Theo Kyriakis en su casa? Era difícil saberlo.

Esa mañana a primera hora la habían llamado de la residencia para decirle que su abuela había fallecido esa misma noche mientras dormía.

–Lo siento. Debería haber... –su voz se apagó como si hubiera perdido el hilo de lo que iba a decir.

Theo le puso las manos sobre los hombros, la hizo dar media vuelta y entró en la casa tras ella.

–¿Dónde está la cocina? –le preguntó nada más entrar.

Había un fuerte olor a humedad antigua en el interior de la casa.

Beth lo miró con ojos aturdidos y señaló el final del pasillo.

Un instante más tarde estaba sentada en una silla de la cocina, observándole moverse de un lado a otro mientras llenaba la tetera, abriendo y cerrando cajones. Sabía que él no debía estar allí, pero no era capaz de reunir las fuerzas necesarias para decirle que se fuera.

–Bebe –le dijo él un rato después, agachándose a su lado y poniéndole una taza en la mano.

Beth sacudió la cabeza, pero él insistió.

La joven hizo una mueca al tragar.

–No me gusta el azúcar.

–Pero hoy te hace falta. Te calmará un poco.

Esperó a que ella vaciara la taza y entonces se sentó a su lado.

–¿Tu abuela se ha ido?

Beth sintió que la capa de hielo que cubría su corazón

empezaba a agrietarse. Se mordió los labios y asintió con la cabeza.

Los ojos de Theo se llenaron de compasión y tristeza, casi como si supiera lo que sentía.

Quizá sí lo supiera.

De repente, Beth recordó algo. Él había perdido a un hermano.

–Esta mañana le llevaron una taza de té, pero no se despertó –trató de dejar la taza sobre la mesa, pero las manos le temblaban tanto, que no era capaz.

–Lo siento mucho, Beth –dijo Theo con sutileza, sintiendo su tristeza.

Beth sabía que más tarde se arrepentiría de haberle dejado verla en ese estado vulnerable, pero en ese momento no podía sino alegrarse de tenerle cerca. No era buena idea estar sola en esos momentos. Nadie debía estar solo en un momento como ése.

–Déjame –dijo él, quitándole la taza de las manos y dejándola sobre la mesa.

De repente ella le agarró la mano.

–Estaba pensando que... No puede ser cierto. Ayer, me dijeron que estaba perfectamente. El médico me dijo que estaba bien. ¿Crees que podría haber algún error?

Theo sacudió la cabeza lentamente, tratando de quitarle la esperanza sin herir aún más sus sentimientos.

–No han cometido ningún error, Beth. Lo sabes.

Ella dejó escapar un suspiro de desesperación y una lágrima se deslizó por su mejilla.

–Me dijeron que se fue estando dormida –le dijo entre sollozos–. Parece que no hubo dolor.

–Eso es bueno.

Ella dejó caer la cabeza hacia delante y lloró desconsoladamente. Presa de una gran impotencia, Theo la observó durante unos segundos y entonces la estrechó entre sus brazos, haciéndola apoyar la cabeza sobre su pecho. Podía sentir la humedad de sus lágrimas sobre la camisa.

Bajó la vista y contempló su cabello suave y brillante. Aquellos sollozos desgarrados iban directos a su corazón, haciéndolo vibrar. Ella se aferraba a él, abrazándole por la cintura como si le fuera la vida en ello, y él le acariciaba el cabello mientras susurraba palabras de consuelo en su lengua materna.

–Tengo muchas cosas que hacer –le dijo ella un momento después, recuperando el control y apartándose de él rápidamente–. Y estoy segura de que tú también.

–En realidad, nada en especial.

Ella le apretó la mano.

–Te lo agradezco mucho, pero de verdad que me encuentro bien.

Theo contrajo el rostro y miró la pequeña mano que cubría la suya propia.

–Estás... –se detuvo de repente.

Desconcertada ante su reacción, Beth le miró con un interrogante en los ojos. Él estaba a punto de decir algo, pero en ese momento sonó el timbre de la puerta. El sonido lo hizo sobresaltarse, sacándolo de una especie de ensoñación.

Mascullando un juramento, quitó la mano de debajo de la de ella.

–Voy a abrir.

Volvió un momento después, acompañado de Muriel, la esposa del vicario, una señora agradable y vital con un buen corazón.

Beth se alegró mucho de verla. Su abuela siempre le había tenido mucho aprecio.

–Acabo de enterarme. Lo siento muchísimo, Beth –le dijo, abrazándola con cariño–. Voy a poner la tetera. ¿Tu amigo va a quedarse? –preguntó, mirando a Theo con curiosidad.

Con su impecable traje de firma, parecía totalmente fuera de lugar en aquella cocina ruinosa.

Fuera de lugar, en su vida.

–No, ya se iba –se apresuró a decir Beth, sin darle tiempo a contestar.

Theo la miró fijamente un instante y entonces se marchó, no sin antes prometerle que volvería más tarde.

Una visita de compromiso.

Seguramente no volvería a aparecer por allí.

Unas horas más tarde llamaron de nuevo al timbre.

Theo Kyriakis volvía a estar en su puerta.

–Pensé que tendrías hambre.

–No mucho –le dijo ella, aunque en realidad no había comido nada en todo el día.

Theo le lanzó una de sus miradas irónicas y entró en la casa sin pedir permiso.

–Entra, por favor –dijo Beth cerrando la puerta tras él.

–¿Tú lo has preparado? –le preguntó mientras le veía poner unos recipientes de comida sobre la mesa.

–Me gustaría poder decir que sí, pero no. Ha sido Louis. Normalmente no prepara comida para llevar, pero creo que tú le caes bien. Siéntate y come.

–¿Y tú? ¿No comes?

–Ya he comido –dijo él, sentándose en una silla.

Beth lo miró con ojos escépticos.

–¿Qué estás haciendo aquí, Theo?

–¿Traerte comida? –sugirió señalando la mesa.

Beth no parecía muy convencida.

–Esta vez no tengo ningún motivo oculto y siniestro, aunque, por supuesto, si lo tuviera, no te lo diría.

–Bueno, es... muy amable de tu parte.

La comida estaba deliciosa y, mientras comía, Beth se dio cuenta de que tenía un hambre voraz. De pronto, se detuvo con el tenedor a medio camino de la boca y miró a Theo con atención.

–¿Tienes que mirarme todo el tiempo mientras como? No creo que sea bueno para mi digestión.

Él agarró un tenedor.

–Bueno, creo que podré acompañarte.

Comieron en silencio durante un rato.

—Muriel se va a quedar a dormir —le dijo él de repente.

Beth lo miró con ojos recelosos, pero no fue capaz de enfadarse. Era un alivio no tener que pasar la noche sola en aquella enorme casa, rodeada de recuerdos dolorosos.

—¿Y de quién fue la idea?

Él la miró con una expresión de inocencia fingida.

—Insistió mucho.

—¿Y cómo es que hablaste con ella en privado?

—Le di mi número. A menudo les doy mi número privado a las mujeres atractivas.

Beth trató de aguantar la risa.

—¿Alguna vez te han dicho que tienes una obsesión por controlarlo todo?

—Hasta el momento, nadie.

Poco después terminaron de comer.

—Bueno, vete a descansar —dijo él—. Parece que estás a punto de desplomarte.

Capítulo 12

BETH TRATÓ de decirle que no estaba tan cansada, pero él ignoró sus protestas. Finalmente se dio por vencida y, mientras subía las escaleras rumbo a su dormitorio, oyó sonar el timbre de la puerta. Al llegar al primer descansillo oyó voces; una de ellas grave y profunda y la otra estridente. Probablemente era la «niñera». ¡Qué idea tan loca!

Se acostó en la cama y trató de dormir. El sueño se resistía un poco...

Cinco horas más tarde volvió en sí. Miró el reloj que estaba junto a la cama y después su reloj de muñeca. No podía creerse que fuera tan tarde. Recordaba haberse tumbado en la cama y después... nada.

Bajó las piernas de la cama y se incorporó, aturdida. Fue hacia el cuarto de baño y se echó un poco de agua en la cara para despejarse un poco. Por suerte funcionó. Cuando se miró en el espejo descubrió unas oscuras ojeras bajo sus ojos. Estaba tan pálida como la muerte.

Haciendo una mueca, bajó la vista y se miró la ropa. Estaba toda arrugada y deformada. Se había acostado sin desvestirse, y se notaba.

Luchando contra el letargo que hacía que todo costara un gran esfuerzo, se quitó la ropa, se dio una buena ducha y se puso una vieja bata y unas zapatillas de estar en casa.

De pronto sintió algo; el aroma del café recién hecho pululaba por las entrañas de aquella vieja mansión. La mujer del vicario estaba allí.

Aunque al principio hubiera tenido miedo de quedarse sola, en ese momento no deseaba más que sufrir en soledad. Mientras bajaba las escaleras, ensayó el discurso que le iba a soltar para convencerla de que no necesitaba una niñera, a pesar de lo que le hubiera dicho Theo.

Entró en la cocina intentando poner una expresión de entereza, fingiendo que no estaba a punto de romperse en mil pedazos.

Theo.

Estaba sentado frente a la mesa de la cocina, con unos papeles delante.

—¿Qué estás haciendo aquí? —le preguntó en un tono acusador; un tono injusto para alguien que había sido más generoso con ella que cualquier otra persona.

—Pensaba que estabas en las oficinas.

—Tenía unas reuniones, pero fueron canceladas.

No quiso explicarle que había sido él mismo quien las había cancelado. Sus acciones no eran producto de la compasión, sino que eran decisiones puramente prácticas. No podía concentrarse en los negocios sabiendo que ella se despertaría sola en aquella desangelada casa.

—¿Muriel? —preguntó ella, mirando a su alrededor.

—Tuvo una pequeña emergencia en casa. Creo que uno de sus hijos se cayó y se dio con algo.

—Debe de ser George —dijo Beth, apretándose el cinturón de la bata—. Es toda una leyenda, un terremoto de diez años de edad.

Él guardó silencio.

—Espero que se encuentre bien —añadió ella con preocupación.

Theo cerró el ordenador portátil y se guardó el móvil en el bolsillo.

—No creo que haya sido nada serio, pero Muriel me dijo que su cuñada puede quedarse contigo esta noche, si quieres.

—Te lo agradezco, pero en realidad preferiría estar sola y estoy segura de que todo el mundo... —miró los papeles que estaban sobre la mesa— tiene cosas que hacer.

–La gente se preocupa.

Beth apretó la mandíbula. ¿Por qué no quería entender que ésa era su oportunidad para irse? No tenía ninguna obligación para con ella; ningún compromiso que cumplir. Las circunstancias los habían unido, pero no tenía por qué seguir a su lado. Su presencia era del todo inexplicable.

–Y yo estoy agradecida –dijo ella, bajando la vista y pensando que hubiera preferido agradecérselo a cualquiera excepto a él–. Pero, como puedes ver, estoy bien.

Él la miró intensamente y Beth soportó su penetrante mirada lo mejor que pudo.

–Esta casa es... –sin terminar la frase, hizo un gesto con la mano y frunció el entrecejo.

Al ver su actitud despectiva, Beth levantó la frente, desafiante.

–Mi casa... Y llevo bastante tiempo viviendo aquí sola.

Theo se la imaginó llegando a aquella casa moribunda y entonces sintió un repentino latigazo de rabia.

–Una locura.

Beth lo miró fijamente y entonces vio en él a todas aquellas personas que le habían ofrecido sus consejos financieros; personas que entendían muy bien las cifras, pero que no tenían corazón.

Apretando los puños, le clavó la mirada. Sin embargo, aun presa de la ira, era capaz de fijarse en la belleza perfecta de aquel rostro serio, los pómulos bien esculpidos, la nariz aquilina, su mirada de fuego, la sensualidad de sus labios...

–Supongo que tú se la venderías a un promotor inmobiliario que la dividiría en apartamentos con «encanto», y que construiría... ¿Cuántas podrían ser? ¿Veinte plazas de garaje en el huerto? –le dijo, temblando.

–¿Es ésa una opción? –preguntó Theo, pensando que la idea no era mala. El precio del suelo en esa zona tan cotizada seguía subiendo.

–¡Por encima de mi cadáver!

Él levantó las cejas al oírla hablar con tanta vehemencia.

–Con estas humedades, quizá llegue a ser una opción.

Ella arrugó la expresión de los ojos.

–¡No seas tan dramático! –le espetó, pasando de largo por delante de la silla que él le ofrecía.

Theo la observó con una expresión casi divertida. Si se sentía mejor gritándole, él no tenía ningún inconveniente en soportarla un rato. Siempre era preferible verla furiosa antes que abatida.

Le dio una pequeña patada a una plancha de madera de un mueble; estaba totalmente podrida.

–Sabes que todo esto está podrido, desde hace tiempo. Desde el punto de vista económico, lo mejor sería demolerla y...

Beth se volvió hacia él con chispas en los ojos.

–Bueno, ¿por qué no me sorprende oírte decir algo así? –le preguntó en un tono irónico y entonces soltó una carcajada despectiva–. Por suerte, la casa está protegida como patrimonio histórico.

–¿Y eso no significa que estás obligada a mantenerla en buenas condiciones?

Al oír la pregunta, Beth lo vio todo rojo. Apretó los labios y lo miró con todo el desprecio del que era capaz. Él tenía razón, y por eso estaba tan furiosa. ¿Acaso creía que quería ver cómo se caía a pedazos la casa que tanto amaba?

Le miró fijamente durante unos segundos. Theo Kyriakis, tan elegante, tan seguro de sí mismo, siempre de punta en blanco, con sus zapatos hechos a mano... Una larga lista de comentarios mordaces desfiló por su mente.

De pronto abrió la boca para espetarle uno de ellos y entonces se detuvo.

«¿Qué estoy haciendo?».

Estaba enojada con Theo, pero él no había hecho más que darle cariño y apoyo. Avergonzada, hizo una mueca de dolor.

–Espero que no te lo tomes a mal, pero ahora mismo quisiera estar sola.

Él la miró con ojos vacilantes, dejando que el incómodo silencio se prolongara.

–Muy bien –dijo finalmente, rindiéndose–. Pero llámame a este número si necesitas algo.

Se levantó de la silla, recogió sus cosas y se marchó sin más.

Beth sintió algo extraño al verle irse así; una pequeña decepción, como si hubiera esperado algo más de resistencia...

Cuando llegó al coche, Theo se dio cuenta de que había olvidado las llaves. Volvió sobre sus propios pasos y, al llegar junto a la puerta, se dispuso a llamar.

El cierre estaba defectuoso y bastó con un solo golpecito para empujar la puerta hacia dentro. Las bisagras emitieron un chirrido escalofriante, digno de la mejor noche de Halloween.

Theo hizo una mueca y entonces se dirigió a la cocina. Nada más entrar en ella, se dio cuenta de que sus esfuerzos por no hacer ruido habían sido innecesarios. El llanto de Beth ahogaba cualquier otro sonido.

Estaba arrodillaba en medio de la habitación, con el rostro escondido en un pequeño montón de ropa de lana azul; llorando sin consuelo.

Mientras la observaba, escuchando su llanto desgarrador, Theo se sintió como si le arrancaran el corazón del pecho. Aquellos gemidos desesperados se deslizaban sobre su piel, poniéndole la carne de gallina. Unos dedos de hielo le atenazaban el corazón. De repente ella se volvió y levantó la cabeza, como si hubiera advertido su presencia. Sus miradas se encontraron y ella lo miró con ojos de pánico.

A Theo se le cayó el alma al suelo. Una parte de él deseaba hacerla sonreír.

Beth se secó las lágrimas de la cara y se puso en pie. Tenía una prenda arrugada entre las manos.

–Era la chaqueta favorita de mi abuela –dijo y puso la ropa sobre la mesa–. Huele a ella.

Aquella explicación tan tierna e inocente derribó las últimas defensas que le quedaban. Theo la miró fijamente y se perdió en el verde profundo de aquellos ojos tristes.

–Me he dejado las llaves del coche –le dijo. El deseo de estrecharla entre sus brazos y decirle que todo iba a ir bien era arrollador. Un instinto humano natural, el impulso de ofrecer consuelo... Pero él no solía sentir esa clase de debilidades.

Un simple abrazo no era sino una muestra de apoyo, pero la tensión sexual se palpaba en el ambiente cada vez que estaban juntos y las cosas podían llegar a terminar de otra manera.

A través de una cortina de pestañas húmedas, Beth le vio recoger las llaves de la mesa. ¿Por qué había tenido que ser precisamente él quien la viera venirse abajo?

–Un aroma puede ser muy... evocador –le dijo él, pensando en la fragancia femenina y floral de su pequeño cuerpo.

Ella le miró a los ojos, dejándose consumir por aquel rostro perfecto y arrebatadoramente hermoso. Esbozó una leve sonrisa y soltó el aliento.

–Sí. Adiós, de nuevo, y gracias.

–Puedo llamar a Andreas –le dijo él, incapaz de reprimir el instinto protector que crecía en su interior al ver lo frágil que era.

La sugerencia la hizo entrar en tensión. Un río de rabia corrió por sus venas.

–Oh, y yo que creía que sólo querías ser amable. ¿Cómo he podido ser tan estúpida?... Por si te asalta la duda, sólo era una pregunta retórica –le dijo con ironía.

Había estado equivocada desde el principio. Él no intentaba ser amable, ni tampoco se preocupaba por ella

en lo más mínimo. A Theo Kyriakis lo único que realmente le importaba era aprovecharse de la situación para
conseguir su objetivo.

–¡Supongo que alguien como yo ni siquiera cuenta
como persona a los ojos del gran Theo Kyriakis! –exclamó, furiosa–. Pero todo es culpa mía. Olvidé la clase
de persona con la que estaba tratando. Eres un cerdo manipulador. Bueno, para que conste, si quieres quedarte
con la novia de tu hermano, tendrás que hacerlo sin mí,
porque yo ya no voy a jugar más a este juego –le dijo,
haciendo un gesto tajante.

–A mí nunca se me ocurrió pensar que estuvieras...
jugando a un juego. En mi opinión, no deberías quedarte
sola aquí. He mencionado a Andreas porque he pensado
que preferirías su compañía antes que la mía.

Beth sintió que la burbuja de rabia se desinflaba un
poco.

–Elizabeth, no deberías quedarte sola –Theo dio un
paso hacia ella con las manos extendidas.

Beth retrocedió y levantó las manos en un gesto defensivo.

–Vete y déjame sola –se detuvo y tragó en seco–. Por
favor, Theo, vete...

Le miró fijamente, respirando con dificultad, y entonces se lanzó sobre él. Le sujetó la cara con ambas manos y le dio un duro beso en los labios.

–¡Vete! –le gritó, apartándose de inmediato.

Sin decir ni una palabra, confuso y sorprendido, Theo
dio media vuelta y echó a andar.

Beth lo vio ir hacia la puerta.

«No te vayas. No te vayas...», gritaba una voz en su
interior, pero el mensaje no salía de sus labios cuando
abría la boca para hablar.

Él estaba saliendo por la puerta cuando llegaron las
palabras.

–¡No te vayas!

Capítulo 13

AQUEL GRITO sofocado hizo detenerse a Theo. Se dio la vuelta lentamente y volvió hacia ella. Parecía muy pequeña y frágil, pero había una decisión inquebrantable en su mirada brillante.

—Quédate conmigo —le dijo ella, entrelazando y apretando las manos hasta que los nudillos se le quedaron blancos.

Él trataba de mantenerse impasible.

—Iré a buscar a la cuñada de Muriel —le dijo, ignorando el fuego que corría por sus propias venas.

Beth frunció el ceño y sacudió la cabeza. Había lágrimas de impotencia en sus ojos.

—No me refería a eso.

Aunque sabía muy bien a qué se refería, Theo continuó fingiendo. Reconocer lo que le estaba pidiendo haría más difíciles las cosas. Sin embargo, la tentación de responder a la súplica que había en sus ojos era tan grande que tuvo que respirar hondo varias veces antes de poder hablar.

—No puedo.

Ella tembló y las lágrimas cayeron sobre sus mejillas.

—¡Podrías pero no quieres! —le gritó ella, recordando el beso que acababa de darle. Él la deseaba. De eso estaba segura.

—No se trata de eso —dijo Theo, sintiendo las gotas de sudor sobre la frente—. Estás muy alterada y vulnerable —miró sus labios carnosos y sugerentes y entonces supo que jamás había deseado tanto a una mujer. El deseo lo consumía por dentro—. Estoy tratando de hacer lo correcto –dijo, aferrándose a sus principios con uñas y dientes–. Y mañana me lo agradecerás.

–No me digas cómo me siento o cómo me sentiré mañana –le dijo Beth, furiosa, y entonces levantó la mano, como si fuera a golpearle.

Pero en ese momento él la agarró de la muñeca y la sujetó con fuerza contra su pecho palpitante.

Beth se quedó inmóvil, perpleja. Su cuerpo viril y vigoroso temblaba de pies a cabeza.

Cerró los ojos y aspiró su aroma.

–Elizabeth –susurró él en un tono grave y profundo, y entonces deslizó una mano por su cabello, dejando que las delicadas hebras se le cayeran de entre los dedos.

Tragó con dificultad, levantó la cabeza y se pasó una mano por la cabeza, adelante y atrás.

Beth le observaba con atención, expectante y suplicante.

–Voy a decirle a la esposa del vicario que llame a su cuñada para que pase la noche contigo.

–Me deseas –la certeza generaba ondas de alivio que la recorrían de arriba abajo.

–Beth...

Ignorando la advertencia, ella echó atrás la cabeza, le miró a los ojos y, poniéndose de puntillas, le rodeó el cuello con los brazos.

Theo trató de esquivar su mirada, pero no fue capaz.

–Me deseas –volvió a decir ella.

–Elizabeth, tú... –dijo él, sintiendo el estruendo de su propio corazón en los oídos.

De repente ella le puso una mano sobre los labios y entonces no pudo hacer más que besarla en la palma de la mano, reprimiendo un gemido que reverberó por todo su cuerpo.

Aquel contacto húmedo y cálido la hizo estremecerse, pero él seguía resistiéndose. Sacudiendo la cabeza, trató de dar un paso atrás.

–Por favor, Theo, necesito dejar de pensar, dejar de

sentir... Quiero que todo desaparezca durante un rato. Yo sé que tú podrías hacerlo por mí –le miró fijamente y él hizo lo mismo.

La luz de la lámpara hacía relucir su piel de marfil, como si la luz brotara de ella misma; una luz misteriosa, llena de instintos inefables.

Él asintió con la cabeza, pero permaneció inmóvil.

–Sé que quieres olvidar el dolor, pero seguirá estando ahí.

–Lo sé, pero dame sólo esta noche.

Él respiró hondo y trató de retomar el control de su cuerpo rebelde. En lo profundo de su ser, sabía que la batalla ya estaba perdida.

–Mira, ahora mismo estás sintiendo un montón de cosas...

Ella levantó la barbilla y le interrumpió.

–No me sermonees, Theo. No soy una ni... niña –se mordió el labio inferior.

Jamás había esperado que fuera a rechazarla de esa manera.

–No me deseas. No hay problema –añadió, encogiéndose de hombros como si no le importara nada.

Theo permaneció en silencio, con los dientes apretados y el rostro contraído.

–Sólo me gustaría que me lo dijeras en lugar de seguir tratándome con condescendencia.

De repente algo se rompió dentro de Theo. Una neblina roja cubrió su mirada y entonces se lanzó hacia delante. Reprimiendo un gruñido, la agarró de las muñecas, la hizo darse la vuelta y la apretó contra su propio cuerpo.

El impacto de sus músculos duros dejó a Beth sin aliento. La joven echó hacia atrás la cabeza y levantó la vista. Los dos respiraban con dificultad, clavándose la mirada.

–¡No soy condescendiente!

–Bien –dijo ella, pensando que sí era hermoso.

Él se llevó sus manos a los labios y besó la suave piel azulada que cubría la cara interior de sus muñecas. Le acarició el rostro con la yema del pulgar y entonces enredó los dedos en su cabello, alborotándoselo.

Beth permaneció quieta, incapaz de moverse, prisionera de sus cinco sentidos.

De repente, lentamente, él se acercó más y más y por fin la besó con brusquedad, agarrándole la nuca con una mano y sujetándole una mejilla con la otra. Las rodillas le fallaban, así que Beth se agarró de su camisa para mantenerse erguida y entonces entreabrió los labios, abandonándose por completo a aquel frenesí de placer.

—¡No pares! —exclamó al ver que él comenzaba a apartarse.

—¡No puedo! —exclamó él, temblando por dentro, vacilando.

Un momento después, la levantó del suelo hasta tenerla cara a cara.

—¡Bésame! —le ordenó sin darle otra opción.

Beth hizo lo que le pedía y entonces le sintió gemir desde lo más profundo de su garganta. Sus lenguas se entrelazaban en una danza de seducción, y sus labios mordían y pellizcaban, hambrientos y desesperados.

El calor y la dureza de su masculino cuerpo llegaban hasta ella a través de la ropa que los separaba, embriagándola, aturdiéndola. Su presencia, sus caricias... La absorbían por completo, sin dejar lugar para nada más. Sólo Theo.

Todo su cuerpo vibraba de placer y el aire escapaba de sus pulmones en ráfagas bruscas y entrecortadas que calentaban el ambiente. Con cada embestida de sus labios poderosos, Beth se hundía más y más en el torbellino de pasión que la engullía poco a poco.

—¡Oh, Dios! —susurró contra los labios de él—. Sabes tan bien —deslizó los dedos sobre la incipiente barba que le cubría la barbilla y se dejó llevar por las sensaciones. Quería descubrirlo todo de él.

Él respondió, pero en su lengua materna. Las palabras se derramaban de sus labios con un erotismo que lanzaba descargas eléctricas a través del cuerpo de la joven.

–¡Mírame!

Fue difícil reaccionar, pero Beth consiguió abrir los ojos y entonces vio un resplandor febril en lo más profundo de sus negros ojos; un puñado de ascuas ardientes.

–Di mi nombre. Quiero oírte decir mi nombre –le ordenó.

Presa de una necesidad compulsiva de complacerle, ella deslizó las manos sobre sus hombros, explorando la superficie fibrosa y deleitándose con la masculina dureza de sus músculos.

–Theo –susurró, sujetándole las mejillas con ambas manos.

Al oír su voz, Theo sintió un pesado lastre que le tiraba del corazón.

–Theo, ¿vas a llevarme a la cama?

Las pupilas de él se dilataron. Sacudió la cabeza y entonces le dio un beso en la palma de la mano.

–Demasiado lejos –le dijo, incapaz de ser más específico. Su organismo había entrado en combustión espontánea.

Temblando de deseo, volvió a besarla, echándole la cabeza hacia atrás y exponiendo la piel cremosa de su delgado cuello. La pasión lo consumía por dentro. La levantó en brazos y aspiró su aroma, fresco y cálido; la esencia de la feminidad. Sin dejar de besarla la llevó hasta el viejo sofá, pero Beth apenas sintió el muelle destartalado que se le clavaba en la espalda.

Apoyando un pie en el suelo, se inclinó sobre ella, le desabrochó la bata y dejó al descubierto su cuerpo desnudo. Sólo llevaba ropa interior.

–Eres preciosa –le dijo, conteniendo el aliento.

Tomó sus pechos en las manos y empezó a acariciarle los pezones con la yema del pulgar, desplazando el fino encaje del borde del sostén con el movimiento hasta dejarla expuesta ante su ávida mirada. Después se quitó la camisa.

Beth observaba cómo subía y bajaba su pecho con cada respiración. Hombros anchos, músculos perfectos, piel bronceada... Era sencillamente esplendoroso.

Se tumbó sobre ella, aplastándole los pechos bajo su fornido pectoral, y entonces la besó como si quisiera absorberla por completo. Beth no sabía dónde terminaba el cuerpo de él y dónde empezaba el suyo propio.

–Quiero saborearlo todo de ti –susurró él y entonces ella sintió que su sangre entraba en ebullición.

Cerró los ojos y le sintió besarla por todo el cuerpo, acariciando cada rincón de su piel hasta llegar a la braguita de encaje que llevaba puesta. Se la quitó y la dejó completamente desnuda... Cuando cubrió su sexo desnudo con sus labios, Beth pensó que iba a morir de puro placer.

Ya no podía aguantar más. Extendió las manos hacia él, apretó los dientes y buscó la hebilla de su cinturón con gestos desesperados.

–Tranquila –le dijo él, en un susurro.

–Necesito esto... Te necesito... Ahora... Quiero... No quiero sentir nada... Sólo a ti... A ti –sacudió la cabeza con impotencia. No podía expresar con palabras los instintos que la enloquecían.

–Lo sé –dijo él rápidamente, sujetándole el rostro con una mano–. Lo sé –le agarró la mano y la puso sobre el rígido bulto que palpitaba bajo su bragueta. Ella trazó la silueta de su potente miembro con los dedos y ambos gimieron. Ella sentía un calor palpitante en la entrepierna.

Theo se apartó un poco y terminó lo que ella había empezado. El ruido metálico de la cremallera la devolvió a la realidad momentáneamente, pero la cordura se esfumó en cuanto él volvió a su lado; sólido y erecto, aplastándola con su cuerpo exquisito. El brillo del sudor realzaba el bronceado de su piel aterciopelada y también el contorno de sus poderosos músculos.

Ella le buscó y entonces él la agarró de las muñecas y la hizo sujetarse del cabecero de madera del sofá.

«Eres mía», pensó de repente, mientras la contemplaba.

La besó con dureza y entonces se deslizó entre sus piernas. Beth se aferró al cabecero de madera un instante y entonces se agarró a él, deslizando las manos sobre la piel satinada que cubría los abultados músculos de sus hombros y besándole en el cuello. Un pensamiento obnubilaba a todos los demás: él estaba entre sus muslos, duro y palpitante.

–Elizabeth... –él susurró su nombre y entonces la penetró con un movimiento suave y preciso. Beth arqueó la espalda y dejó escapar un grito de sorpresa.

–Oh, Dios, eres...

Theo se quedó quieto, perplejo. Su rostro parecía grabado en piedra.

Ella estaba tensa y caliente a su alrededor... Muy tensa.

–Tranquila –le dijo al oído.

–No. Eso es imposible –la increíble sensación de sentirse llena, sentirlo dentro de ella... Era algo indescriptible–. Esto es... Eres... Oh, Dios... Eres tan maravilloso, Theo.

Al darse cuenta de que era el primer hombre en su cama, Theo sintió una mezcla de excitación y miedo. Sin embargo, en cuanto ella comenzó a moverse, el deseo ganó la batalla.

–Despacio –dijo él, zafándose un poco de la tensión de su cuerpo.

Beth protestó con un grito que no tardó en transformarse en un gemido de placer al sentirle empujar de nuevo. Levantó las caderas para recibirle y entonces Theo repitió el proceso una y otra vez hasta que el calor se propagó por todo su ser; bajo la piel, hasta la punta de los pies... Todo su cuerpo estaba poseído por un delirio de lujuria.

Ella escondió el rostro contra el cuello de él y le mordió con fuerza al tiempo que él se abría paso en su sexo húmedo y cálido, cada vez más adentro. Beth creía que su cuerpo se derretía por dentro, disolviéndose como si fuera efervescente. Atormentada por la sensación de que estaba buscando un placer fuera de su alcance, la joven empezó a jadear con más fuerza y se hundió dentro de su propio cuerpo. Ya estaba muy cerca, muy cerca...

Cuando la primera vibración de placer la golpeó desde dentro, contuvo la respiración. Cada célula, músculo y nervio de su ser se contraía con las sucesivas ondas de placer que la sacudían de la cabeza a los pies. Encima de ella podía sentir a Theo, llegando también a la cima del éxtasis, estremeciéndose una y otra vez.

No deseaba que se moviera. Podía sentir su respiración fuerte y disfrutaba de aquel momento íntimo, del peso de su cuerpo exhausto; el aroma almizclado de su masculinidad.

Los temblores todavía la sacudían, arrancándole su nombre de los labios. Se aferraba a sus hombros, dejándose llevar por las últimas ondas de placer.

Estaba exhausta, pero aún estaba consciente cuando él levantó la cabeza y la miró a los ojos.

–Gracias –le dijo al oído con una sonrisa, deslizando una mano por el áspero contorno de su mandíbula masculina.

Theo la vio cerrar los ojos y entonces advirtió la humedad que se derramaba entre sus piernas.

En silencio, masculló un juramento. No se había dado cuenta de que era virgen. No había sido capaz de leer las señales. Sin embargo, aunque sí sabía que era una persona vulnerable, eso no le había impedido aprovecharse de ella para saciar su sed. Lo que ella necesitaba eran abrazos y caricias, no un tórrido encuentro sexual.

El peso de la culpa se hacía cada vez más insoportable sobre sus hombros.

La levantó en brazos y la llevó a su habitación, pero ella no se despertó, como si hubiera confiado en él toda la vida.

Theo se miró a sí mismo. Ni siquiera se había quitado la ropa. No le había dado ninguna de las atenciones especiales que una mujer se merecía la primera vez. La había arrojado sobre un polvoriento sofá y la había poseído en un arrebato hambriento de lujuria.

Después de entrar en las tres primeras habitaciones del primer piso, su opinión sobre sí mismo no hacía más que empeorar; no era más que un animal salvaje.

Al llegar a la cuarta habitación, se dio cuenta de que ésta sí presentaba ciertos signos de estar habitada. Había una cama cubierta con una manta tejida, una estantería de libros, una cómoda, y un perchero con prendas de ropa. Era una habitación de mujer, pero no había nada que se pareciera a un espejo. Claramente, la vanidad no era uno de los defectos de Elizabeth.

Retiró un peluche viejo y la tumbó en la cama, sintiendo un gran remordimiento. Ella abrió los ojos entre sueños y continuó observándolo mientras se quitaba la ropa y se acostaba a su lado. Se acurrucó contra él y escondió la cabeza debajo de su barbilla.

–Gracias por quedarte –le susurró.

Theo no recordaba la última vez que había pasado toda una noche al lado de una mujer.

Poco antes del amanecer, después de un frenesí de pasión que había durado horas, se despertó, sintiendo las manos de ella sobre el cuerpo. Su voz sutil le susurraba cosas al oído.

–Esta vez eres mío... –parecía decir.

Capítulo 14

A LA MAÑANA siguiente, cuando Beth se despertó, Theo ya estaba vestido. Tan impecable como siempre, estaba sentado junto a la ventana. Lo miró a los ojos y entonces él sintió que el autocontrol que había atesorado durante toda su vida se rompía en mil pedazos. Se había pasado media mañana barajando todas las posibilidades en su mente, pero no había servido de nada.

–Estás despierta –le dijo. Se puso en pie y fue hacia ella; más alto y poderoso que nunca.

Ella le observaba acercarse, intentando recordar lo que había ocurrido la noche anterior. Y entonces, de repente, su rostro se contrajo con una mueca. Los recuerdos habían vuelto. Y con ellos había llegado la culpa.

Theo se puso pálido al verla golpear la almohada con el puño cerrado. Abrió la boca para hablar, pero entonces se lo pensó mejor. ¿Cómo iba a intentar defenderse cuando había hecho algo imperdonable?

Beth dejó de darle puñetazos a la almohada y escondió el rostro en ella. No sentía más que desprecio por sí misma. Se sentía sucia. Su comportamiento de la noche anterior no era más que una traición hacia la persona que se lo había enseñado todo: su abuela, que acababa de morir.

¿Pero qué había hecho ella para llorar su muerte? ¿Había llorado? ¿La había recordado? No. Le había arrancado la ropa del cuerpo a Theo Kyriakis y le había suplicado que le hiciera el amor.

¿Qué clase de persona hacía algo así?

Jamás hubiera imaginado tener que rogarle a un hombre en su primera vez.

Su primera vez... Sexo por compasión.

¿Y por qué Theo? Había arruinado todas las posibilidades de tener una relación con él; porque eso era lo que había querido antes de cometer semejante estupidez. No podía negarlo. Hubiera querido tener algo con él, pero ya era imposible.

Andreas no había sido más que un encaprichamiento, pero Theo... Theo se le había metido debajo de la piel y había llegado muy adentro, hasta el mismo epicentro de sus pensamientos, apoderándose de ellos, controlándola sin remedio. Theo... El hombre del que había terminado enamorándose...

Beth se dio cuenta de que era la primera vez que se atrevía a admitirlo. ¿Qué pensaría él de ella? ¿Qué podría pensar de una mujer que le había suplicado que le hiciera el amor?

—¡Vete! —le gritó, con el rostro aún escondido en la almohada.

—¿Elizabeth?

La joven apretó los dientes, se apartó el pelo de la cara y se dio la vuelta lentamente. La mirada de Theo se le hizo insoportable y se tapó con la sábana hasta la barbilla.

—Es un poco tarde para los remilgos, ¿no crees?

Beth bajó la vista, sin llegar a ver la sonrisa que acompañaba a sus palabras.

—Anoche... —empezó a decir, respirando hondo.

—Estabas muy alterada y...

Beth le interrumpió con un gesto.

—Eso no importa. Siento que haya ocurrido.

La sangre escapó del rostro de Theo.

—El respeto es fundamental en cualquier clase de relación —dijo ella con una carcajada amarga—. Pero nosotros no tenemos ninguna relación.

—Hemos hecho el amor.

Ella le lanzó una mirada afilada.

–Estoy verdaderamente avergonzada y quisiera poder cambiar las cosas. Ojalá no hubieras venido anoche.

–¿Y quién te hubiera gustado que estuviera aquí? –le preguntó con rabia, sabiendo ya la respuesta a esa pregunta.

Ella lo miró con ojos perplejos.

–¿O acaso hubieras preferido a cualquier otro excepto a mí? Puede que no sea el hombre que hubieras deseado para tu primera vez, pero la realidad es que lo soy, y nada podrá cambiar eso –le espetó en un tono desafiante, dio media vuelta y se marchó.

Habían pasado dos semanas desde el funeral y Beth se había incorporado a su trabajo en las oficinas diez días antes, pero aún no había visto a ningún miembro de la familia Kyriakis.

Hasta ese momento.

Daria.

Entró en la oficina en compañía de Hannah, la joven a la que habían trasladado desde el departamento de contabilidad. La muchacha parecía algo apurada y nerviosa.

–Señora Kyriakis, me alegro mucho de verla de nuevo.

–Querida, por favor, llámame Daria –le dio un efusivo abrazo.

Al separarse de ella, Beth sintió que los ojos se le llenaban de lágrimas.

–Déjame verte –Daria retrocedió y la miró de la cabeza a los pies–. Pobrecita, pobrecita...

Su reacción no era ninguna sorpresa para Beth. La gente procuraba fijarse en su ropa y en su corte de pelo, para no tener que hablar de las oscuras sombras que tenía bajo los ojos, ni tampoco de los diez kilos que había perdido durante las últimas semanas. Las curvas habían desaparecido del todo de su cuerpo y apenas podía mirarse al espejo sin sentir pena por sí misma. Un auténtico desastre humano.

Por suerte, Daria no la había visto antes de maquillarse.

–Pareces agotada. Siento mucho no haber podido asistir al funeral de tu abuela. Espero que Theo te haya trasmitido mis condolencias. Todos lo sentimos mucho por ti.

Beth bajó la vista y esbozó una sonrisa desganada. Theo había estado allí. Lo había visto al final de la iglesia, y después en el cementerio; una figura esbelta, oscura y solitaria, alejada del grupo de familiares y amigos. No se había acercado a ella en ningún momento.

–Las flores eran preciosas –dijo Beth, pasándose una mano temblorosa por el cabello. Había tomado la costumbre de llevarlo suelto, pero en el trabajo se lo sujetaba detrás de las orejas–. Me temo que Andreas no está.

–Oh, lo sé y, aquí entre nosotros, Ariana no está muy contenta con ese viaje suyo a Nueva Zelanda. No sabía que fuera algo previsto. ¿Y tú?

Beth sacudió la cabeza.

Su sospecha era que Andreas tampoco lo sabía. Nada más incorporarse al trabajo después del fallecimiento de su abuela, la habían informado de que Andreas se encontraba fuera del país, y la habían dejado al mando de todo. Las cosas habían sido así de fáciles y... repentinas.

Su primera reacción fue decirle al gerente que no estaba cualificada para semejante responsabilidad, pero éste rechazó sus reparos.

«Pero yo he oído que usted es quien hace el trabajo pesado, así que no tendrá mucho problema», le había dicho el hombre, restándole importancia a sus objeciones.

A lo largo de la semana, habían empezado a correr rumores acerca de una gran discusión. Nadie sabía con exactitud de qué se trataba, pero el asunto había levantado una gran polvareda de sospechas y especulaciones; la mayoría de las cuales giraban en torno a Ariana. Los hermanos Kyriakis habían tenido la disputa del siglo y, según un testigo ocular, Theo había abandonado el edificio como una bala, furibundo, y «sexy como sólo él sabía ser», en las palabras de una de las empleadas.

–Sólo vine a ponerte al día para este fin de semana.

Beth la miró con gesto de estupefacción.

–¿La fiesta...? –Beth recordaba haber oído algo al respecto durante aquella cena nefasta a la que había asistido un siglo antes. Todo aquello parecía tan lejano...

–Un coche te recogerá en la puerta el viernes por la tarde.

Beth abrió los ojos, aterrorizada.

La pobre Daria todavía creía que Theo y ella estaban juntos. ¿Cómo iba a decirle que no era así?

–Me temo que...

–No. Tú también, no. Simplemente no acepto un «no» por respuesta. Los chicos me han puesto todas las excusas del mundo, pero yo llevo mucho tiempo deseándolo. Un poco de sol y distracción es justo lo que necesitas.

–Pero sí sabes que Theo y yo no... –le dijo, sin saber qué pensar.

–Theo no estará allí.

Beth asintió con la cabeza. Debía de estar demasiado ocupado aprovechándose de la ausencia de Andreas para demostrarle a su querida Ariana que él era el mejor de los dos.

–Y mi invitación es para ti –añadió Daria, frunciendo el ceño–. ¿Te encuentras bien, querida? Pareces muy pálida.

–Estoy bien –le aseguró Beth, respirando hondo para disipar el torbellino de náuseas que le subía por el estómago.

Theo podía acostarse con quien quisiera. Ése no era su problema.

–Yo creo que no. Lo digo muy en serio –dijo Daria, asintiendo con la cabeza.

Beth casi le agradeció su insistencia. A lo mejor lo que verdaderamente necesitaba era que alguien le arrebatara todas las opciones que tenía. Ya estaba cansada de los testamentos, el papeleo, los costes de un entierro... A lo mejor lo que necesitaba era que alguien la declarara oficialmente loca para no tener que enfrentarse al dolor de perder el hogar que tantos buenos recuerdos le traía. Al final no había tenido más remedio que acceder a deshacerse de la casa con la condición de que se la vendieran a una familia que hiciera un hogar de ella.

Era un alivio poder refugiarse en el trabajo.

–No sé si... –dijo Beth, haciendo una mueca. No podía ocultar el hecho de que se sentía realmente tentada–. ¿Este fin de semana?

La fecha era perfecta. Los agentes inmobiliarios habían quedado con un posible comprador justo ese fin de semana y ella no sabía cómo encontrar una excusa para cancelar la cita. Además, Theo no iba a estar allí.

–Estarás de vuelta en la oficina el lunes a primera hora –dijo Daria con una sonrisa, ilusionada.

–Gracias. Eso sería perfecto.

Daria se puso en pie, le dio otro abrazo cariñoso.

–No te entretengo más –fue hacia la puerta y entonces se dio la vuelta justo antes de salir–. Casi lo olvidaba. No te dan miedo los aviones, ¿verdad?

Beth la miró con ojos atónitos.

–No, pero...

–Estupendo. Se puede ir en barco, pero el helicóptero es mucho más rápido.

Beth sacudió la cabeza, sin entender.

–¿Adónde vamos?

–A Santos, claro.

Beth abrió los ojos, anonadada.

–Yo pensaba que vivías en Kent.

Daria sonrió.

–Y así es, cuando estoy en el país. En Santos tenemos una casa de campo encantadora.

Beth forzó una sonrisa y asintió.

Una casa de campo...

Seguramente se parecería más a una mansión o a un castillo.

–Siempre hemos celebrado las fiestas del fin de semana en Santos, y desde que murió su padre, a Theo le encanta que siga la tradición.

Beth mantuvo la sonrisa plástica hasta que la visitante se marchó y entonces se desplomó en la silla. Iba a pasar el fin de semana en la isla privada de un billonario griego. Lo más raro que le había ocurrido en toda su vida; casi tan raro como acostarse con el billonario, pero Beth no quería pensar en ello en ese momento. Después de tantas experiencias traumáticas, su organismo se había vuelto loco y por eso tenía una pequeña falta de regularidad en su ciclo menstrual, pero todo volvería a la normalidad tarde o temprano. Sólo era cuestión de tiempo. No tenía nada de qué preocuparse. Las cosas no ocurrían así como así, y mucho menos a ella...

Capítulo 15

UN VIAJE en jet privado, un paseo a través del Mar Egeo en helicóptero... Beth bajó del vehículo aéreo con piernas temblorosas, intentando sujetarse el cabello, pensando que el remolino generado por las aspas podía arrancárselo de cuajo.

«¿Qué será lo próximo?», se preguntó, mirando a su alrededor.

Y fue entonces cuando le vio; una silueta inconfundible que iba hacia ella.

La sonrisa de felicidad se le borró de la cara. «No puede ser. Esto no puede estar pasando», se dijo, presa del pánico. Pero era cierto. Estaba ocurriendo, y sólo tenía unos segundos para prepararse. De repente sintió ganas de arrojarse al precipicio que se abría ante sus pies, antes que verse obligada a hacerle frente. Cobarde... Se quedó inmóvil, viéndole aproximarse cada vez más, clavándole la mirada, tratando de apresar el pájaro que revoloteaba en el lugar donde debería haber estado su corazón. Los latidos retumbaban en sus oídos, impidiéndole oír nada más.

En cuanto él la mirara, lo sabría. Sabría que se moría de deseo por él... En cuanto la mirara, no podría hacer otra cosa que decírselo todo. Pero no estaba lista... Aún no...

—¿Elizabeth?

Ella se limitó a observarle. Lo amaba tanto... tanto. Eso nunca cambiaría.

—Theo, me he per... —se detuvo de repente, al ver que una hermosa rubia se interponía entre ellos.

Había estado tan ocupada mirándole que apenas había advertido la presencia de la mujer que lo acompañaba. Cerró los ojos y respiró hondo.

−¿Has tenido un buen viaje? −le preguntó en un tono de absoluta indiferencia; su rostro, impasible e indescifrable−. ¿Estás enferma?

−Me he mareado un poco, pero ya estoy bien. Era mi primer viaje en helicóptero.

−No sabía que ibas a estar... aquí −le dijo, hablando en serio−. De haberlo sabido, no hubiera venido −añadió con un hilo de voz y entonces se dirigió a la belleza griega que le acompañaba−. Hola, Ariana −dijo, forzando una sonrisa.

La rubia llevaba una camiseta de hombros descubiertos, unos pantalones cortos muy cortos y unas sandalias de tacón de aguja. Beth sintió una punzada de dolor. Sus piernas eran tan, tan largas...

Ariana no le contestó, sino que se volvió hacia Theo.

−¡Me ha picado! Una avispa. ¿Lo ves? −se levantó la camiseta por encima de la cintura, mostrándole su terso y aterciopelado abdomen.

−Yo no veo nada −Theo la miró un instante y entonces se volvió hacia Beth.

−¿No traes más equipaje? −le preguntó, señalando el maletín que llevaba.

−Esto es todo, pero puedo llevarlo −dijo Beth, agarrando el bulto antes de que él lo levantara del suelo.

−Yo lo llevo.

Beth sacudió la cabeza e insistió.

−No pesa mucho.

−Hay más de kilómetro y medio hasta la casa −le dijo, poniendo su mano sobre la de ella. Beth quitó la mano rápidamente, como si se hubiera quemado.

Él la miró con ojos de sorpresa.

−Ay. Me he golpeado en el pie −dijo ella para intentar disimular−. Me vendrá bien dar un paseo −añadió, forzando una sonrisa alegre.

–Pues a simple vista parece que un simple paseo acabaría contigo –dijo él, mirándola con escepticismo.

–Muchas gracias. Ya veo que sabes cómo hacer sentir bien a una chica –le dijo con ironía y entonces se sonrojó hasta la médula.

–¿Qué has estado haciendo últimamente? –le dijo él, examinándola con atención.

–Tú me has metido en el mundo de la moda –le recordó ella, fingiendo una pose para enseñarle los vaqueros y la llamativa camiseta que llevaba puesta.

«Y también te has metido en mi corazón...», pensó.

A Theo no le hizo mucha gracia la broma.

–No estoy hablando de la ropa –dijo. Las curvas que recordaba habían desaparecido y en su lugar habían aparecido unos ángulos abruptos y endebles–. Parece que un golpe de viento podría llevarte volando... ¿Has sabido algo de Andreas?

Beth parpadeó, confundida. Su actitud fría y acusadora la hacía temblar.

–Le he enviado un par de correos electrónicos. Tuve que hacerle un par de preguntas acerca de un informe financiero, pero las cosas van bien en la oficina –le dijo.

Quizá él pensara que estaba descuidando sus responsabilidades para disfrutar de un fin de semana en una isla paradisíaca.

–No quiero hablar de la empresa –dijo él de repente.

Ella le miró con gesto serio.

–¿No? ¿No crees que alguien con más experiencia debería estar al mando?

–¿Alguien te ha cuestionado? Mis instrucciones fueron muy claras. Les dije que tú estabas al frente –preguntó él, taladrándola con la mirada.

–¿Tú sugeriste que me pusieran al frente de todo? –exclamó Beth, atónita.

–Yo diría que no fue precisamente una sugerencia –Theo esbozó una sonrisa despótica.

–Trataré de estar a la altura.

–Tu ética y tu capacidad profesional nunca han sido cuestionadas, Elizabeth... Andreas... ¿No te ha hablado de su decisión?

Afortunadamente su hermano había decidido no seguir adelante con el compromiso. Sin embargo, su cambio de opinión lo dejaba libre para ir detrás de Beth.

–¿Qué decisión? ¿Y por qué iba a tener que hablarme de ello? –frunció el ceño, preocupada–. Si le ha ocurrido algo a Andreas, preferiría que me lo dijeras sin más rodeos.

–Andreas se encuentra bien –Theo contrajo la mandíbula y le lanzó una mirada a Ariana.

Beth soltó el aliento.

–Parece que necesitaba un tiempo para pensar –añadió Theo.

–¡Soy alérgica! –gritó Ariana, cansada de que la ignoraran.

Tanto Beth como Theo se dieron la vuelta hacia ella.

–Creo que tengo un choque anafiláctico –dijo, llevándose las manos al pecho. Se desplomó en el suelo y empezó a quejarse–. Llamad a una ambulancia.

Suspirando, Theo dejó en el suelo el maletín de Beth y ésta lo recogió enseguida.

–¿Es éste el camino? –sin esperar una respuesta, echó a andar rápidamente. No quería verle atender a Ariana.

A unos cuantos metros el camino se bifurcaba. Se detuvo un instante y se decantó por la derecha. Las cosas no podían empeorar mucho si se perdía en medio de un paraje solitario.

Unos minutos más tarde, sus temores se esfumaron cuando la mansión Kyriakis apareció ante sus ojos, justo a la vuelta de una esquina. Era un enorme caserón que descansaba en el borde de un precipicio, frente al mar.

Theo la alcanzó poco antes de llegar a la puerta principal.

–¿Dónde está Ariana?

–Se está recuperando –dijo él en un tono serio.

De alguna manera era culpa suya que Ariana se encontrara allí. Andreas quería romper el compromiso por correo electrónico, pero él había insistido en que lo hiciera en persona... Y así, Ariana había terminado en la casa, para esperar a su hermano.

—Tú madre ha sido muy amable al invitarme.

Él se hizo a un lado para dejarla entrar.

—Mi madre es una mujer encantadora.

Beth miró a su alrededor. Un vestíbulo diáfano y fresco, muebles minimalistas, paredes blancas y un suelo cubierto de hermosas alfombras...

—Me ha pedido que me disculpe por ella.

Beth sacudió la cabeza, sin entender.

—Georgios tuvo una emergencia en el trabajo. Pudo contactar con la mayoría de los invitados, excepto con Ariana —añadió en un tono seco.

—Y conmigo.

Él asintió con la cabeza.

—Entonces no hay ninguna fiesta —dijo ella, pensando que las cosas siempre podían empeorar.

Sólo había una fiesta para dos, y ella era quien sobraba. De repente sintió una ola de náuseas y se llevó la mano a la boca, temblando.

—Vaya. Es terrible. ¿Cuándo puedo volver a casa?

—No hay transporte de vuelta a la península hasta mañana, y no tiene por qué ser tan terrible —dijo Theo, observándola atentamente. A juzgar por la expresión de sus ojos, parecía capaz de volver a casa nadando con tal de escapar de allí.

—Claro que no, porque tú quieres que esté aquí —bajó la vista—. No importa. Puedes cerrar la puerta con llave esta noche como medida de seguridad. Ni Ariana ni tú os enteraréis de que estoy aquí. Puedo comer en mi habitación y...

—¿Por qué tengo que cerrar la puerta con llave? —preguntó él, interrumpiéndola.

En ese momento apareció un hombre. Theo habló

con él unos segundos y entonces el hombre saludó a Beth con un gesto y se llevó el maletín.

–¿De qué me tengo que proteger? –le preguntó de nuevo.

–De mí.

–¿De ti?

–Por si acaso se me ocurre llamar a tu puerta suplicando que me hagas el amor por compasión –le dijo con ironía.

–¿Crees que me da miedo que vengas a suplicarme que te haga el amor? –le dijo, mirándola de arriba abajo con una expresión atónita. Una intensa llama ardía en sus ojos.

–No lo haré –dijo ella, esquivando su mirada.

–No tienes ni idea del gran alivio que siento –le espetó él, en su tono más mordaz.

Guardó silencio unos segundos, sin dejar de mirarla.

–Es la misma vergüenza que sentías aquella mañana, ¿no? –añadió, recordando aquellas palabras que tanto lo habían herido. Con sólo pensar en ellas, el dolor regresaba.

Ella asintió, sin atreverse a mirarle.

–Debes de creer que soy una... –Beth no terminó la frase, pero sí le miró a los ojos.

–¿Y por qué iba a pensar algo así? –le preguntó, sorprendido, sintiendo una avalancha de ternura en su interior.

–Mi abuela acababa de morir y yo no hice más que... –Beth abrió los ojos, incrédula.

–La mayoría de la gente no pensaría mal de ti, sino de mí. Tu me lo pediste, sí, pero yo no tenía que decir que sí. Me aproveché de ti –dijo Theo, respirando hondo y poniéndole una mano sobre el hombro.

–Pero no hiciste nada que yo no quisiera.

Sus miradas se encontraron una vez más.

Sin saber lo que hacía, Beth volvió el rostro hacia su mano, cerró los ojos, y entonces sintió el leve roce de uno de sus dedos sobre la mejilla.

–¿Y todavía quieres?

Beth tragó con dificultad y abrió los ojos.

–Sí, Theo.

Theo esbozó una sonrisa de satisfacción.

–Se me ha roto un tacón.

Beth se sobresaltó y se preguntó cuánto tiempo llevaba ahí Ariana. ¿Cuánto habría escuchado?

Theo masculló un juramento.

–Esto es... –se detuvo. Era evidente que estaba haciendo un gran esfuerzo por controlarse–. Te dije que ese calzado no era adecuado, pero tú te empeñaste en venir.

–Sí, para caminar, no para correr.

Theo apretó los dientes y trató de controlar la furia que crecía en su interior.

–A lo mejor deberías descansar un poco. Si me disculpas, tengo algunas llamadas que hacer –decidido y furioso, miró a las dos mujeres.

En realidad, sólo tenía que llamar a una persona: a su hermano. Andreas tenía que adelantar el vuelo de regreso a casa, pues no estaba dispuesto a seguir tolerando la presencia de un huésped desagradable en su propia casa.

Beth, que apenas podía ocultar la profunda decepción que se había llevado, lo miraba con ojos tristes.

De repente Theo fue hacia ella, la agarró de la barbilla y la hizo levantar la vista.

–Ni se te ocurra... –le dijo, taladrándola con la mirada– moverte de aquí. Volveré enseguida.

Ajena a la expresión malhumorada de Ariana, Beth no pudo sino asentir con la cabeza ante una orden tan brusca. Las cosas estaban pasando demasiado deprisa.

Theo se alejó con paso firme.

–¿Un viaje largo?

Beth sacudió la cabeza para aclararse las ideas y entonces asintió con la cabeza.

–Yo sé cuál es el remedio perfecto para el jet lag –dijo Ariana, insistiendo en entablar conversación.

–En realidad no tengo jet lag.

–Nadar un poco –Ariana seguía hablando como si no hubiera oído nada–. Hay una cala maravillosa justo al final del camino del acantilado –la mujer parecía estar haciendo un gran esfuerzo por ser agradable y Beth no podía negar que la idea era muy atractiva.

–Eso suena tentador –dijo la joven, sonriendo–. Pero Theo tiene... –se detuvo y bajó la vista–. Otros planes –añadió en un tono de inquietud. No sabía cuáles eran esos planes, pero la incertidumbre la hacía estremecerse de pies a cabeza.

–No lo decía en serio cuando te dijo que esperaras –dijo Ariana en un tono divertido–. Lo sabes, ¿no?

–Claro –Beth mintió, ruborizada–. ¿Dónde está esa playa? ¿Hay que seguir el camino...?

–No te preocupes. Te enseñaré el camino. Desde aquí, está a unos dos minutos. Oh, creo que Anton te está esperando para enseñarte tu habitación.

Le habló al hombre que estaba esperando al final del tramo de escaleras.

–Sí. Él te acompañará. Qué suerte. Tienes la suite VIP. Espera a ver las vistas –añadió con una sonrisa tensa.

Finalmente resultó que tenía razón respecto a lo de las vistas. Eran sencillamente fabulosas. Sin embargo, Beth no se entretuvo mucho en la habitación. Ariana la esperaba.

–¿No crees que Theo se preguntará dónde estamos?

–Oh, él siempre está al tanto de todo lo que ocurre aquí. Es el rey de la isla, por así decir. Todo el mundo le rinde cuentas.

Ariana se mostró tan agradable que Beth empezó a pensar que la había juzgado mal en un principio. La playa era exactamente como la había descrito; extraordinaria.

Extasiada, Beth contempló durante unos segundos la vasta inmensidad azul turquesa.

−¿No vas a nadar? −le preguntó a Ariana.

La griega se había quitado el vestido de seda que llevaba puesto y se había tumbado en una toalla. El diminuto biquini que llevaba puesto revelaba un cuerpo perfecto y bien cuidado.

−No. Adelántate tú. Tengo que ponerme un poco de protector solar.

Dejándola atrás, Beth se adentró en el agua. El tacto del agua sobre su piel cansada era delicioso, cálido... Se metió hasta la cintura, saludó a Ariana con la mano y empezó a nadar mar adentro. Siempre había sido una buena nadadora. Sólo tenía que nadar paralelo a la orilla.

Theo se llevó una sorpresa cuando le dijeron que las dos se habían ido a la playa. Sin embargo, en cuanto le dijeron de qué playa se trataba, salió corriendo en su busca.

Estaba siguiendo el camino del acantilado cuando la vio. Apretó el paso y corrió con todas sus fuerzas. Un sentimiento de profunda desesperación se apoderaba de él al ver lo que estaba ocurriendo sin poder hacer nada. Llegó a la playa en unos segundos, rompiendo todos los récords. En cuanto Ariana lo vio, el pánico se apoderó de su rostro.

Theo se quitó los zapatos rápidamente y no malgastó el tiempo en palabras.

−Esta vez has llegado demasiado lejos −le dijo en un tono implacable−. Vete antes de que vuelva −le dijo, mientras se quitaba los vaqueros−. Y si algo llega a ocurrirle, no habrá lugar donde puedas esconderte.

Caminó hasta que el agua le llegaba por los muslos, y entonces se zambulló. No podía verla, pero sabía que a esas alturas Beth ya habría sentido la fuerza de la corriente y trataría de nadar contra ella. Incluso un nadador experimentado hubiera agotado todas sus fuerzas en cuestión de minutos empeñándose en ir contracorriente.

Avanzó en dirección a Beth con brazadas decididas. No iba a volver a la orilla sin ella. No regresaría sin ella...

Cuando la joven le vio por fin, estaba exhausta. Abrió la boca para llamarle y entonces se hundió, pero volvió a emerger un momento después, ahogándose y escupiendo agua.

Él estaba allí, muy cerca... Presa del pánico, se aferró a él, haciéndole hundirse con ella.

–Tranquila. Te tengo. Suéltame el cuello. No puedo respirar.

–Me voy a ahogar –dijo ella, soltándole un poco, aterrada.

Theo la agarró por la cintura y giró hasta ponerse boca arriba, arrastrándola consigo.

–Hoy estoy de servicio. Nadie va a ahogarse en mi playa. ¿Confías en mí, Elizabeth?

–Sí –Beth se relajó un poco. Siguió sus instrucciones y unos segundos más tarde la estaba sacando del agua.

Exhaustos, se tambalearon hacia la orilla.

–¿Estás bien? –le preguntó Theo, casi sin respiración, tumbándose boca arriba.

Ella asintió y dio unos cuantos pasos más antes de desplomarse en la arena. Permaneció allí tumbada durante unos minutos, con los ojos cerrados, respirando atropelladamente.

–Gracias –le dijo unos minutos después con un hilo de voz.

–De nada –Theo se incorporó y pensó en lo cerca que había estado de... perderla para siempre. Había estado a punto de escurrírsele de entre las manos sin siquiera darle la oportunidad de decirle lo mucho que... la quería.

–¿Vas a gritarme? Tengo que advertirte de que, si lo haces, a lo mejor me echo a llorar y no es una visión muy agradable, como seguramente recuerdas.

–Lo recuerdo todo –susurró él–. Recuerdo cómo era tenerte entre mis brazos, recuerdo tu sabor dulce, tu calor. Lo recuerdo todo y no pienso en otra cosa desde aquella noche.

Beth sintió aquellas palabras apasionadas por debajo de la piel, abrasándola por dentro como si los rayos del sol la atravesaran. No podía dejar de pensar que todo aquello le estaba ocurriendo a otra persona, así que abrió los ojos y entonces vio su rostro oscuro, lo bastante cerca como para apreciar las finas líneas que brotaban de las comisuras de sus párpados.

–Yo también lo recuerdo –dijo ella, tocándole la mejilla.

–Eres la visión más hermosa que jamás he tenido –la agarró de la nuca y le dio un beso apasionado que pareció durar una eternidad.

Cuando por fin terminó, permanecieron allí tumbados, mirándose, respirando.

–Me has salvado la vida –susurró la joven.

–Te quiero. Te habría salvado de todas formas, porque no soy el ser despreciable que tú crees que soy, pero quererte es una motivación mucho más fuerte.

–Yo no creo que seas un ser despreciable –dijo ella, sintiendo el picor de las lágrimas en los ojos.

–Bien. Es que me cuesta expresar mis sentimientos.

No había tenido más remedio que decírselo. Ella había estado a punto de morir sin saberlo y eso hubiera sido... A punto de morir. Una mano de hielo le agarró el corazón.

«Igual que Niki, pero esa vez no pude salvarle...», se dijo, dejando emerger los recuerdos que tanto temía.

–Eres un hombre. A los hombres les cuesta expresarse –dijo ella, parpadeando un momento.

Theo se volvió hacia ella. Su pelo, cubierto de arena, le caía sobre los hombros, húmedo y alborotado.

La respiración se le cortó. Era tan hermosa.

–Pero, para compensar, beso muy bien –le dijo y entonces se lo demostró.

Un rato después Beth estaba tumbada en la arena, observándole mientras buscaba el móvil entre la ropa. Hizo una llamada breve y dio algunas instrucciones.

–He pedido que venga el médico para que te eche un vistazo –le dijo, ayudándola a levantarse.

–Lo que me dijiste antes... Que me amabas... –lo miró con ojos serios–. ¿Lo dijiste de verdad?

–Sí –dijo él, sonriendo con ternura.

–Yo también te quiero –dijo ella.

Una expresión de gran alivio iluminó el rostro de Theo.

–Bueno, gracias a Dios –selló sus labios con un beso ardiente, borrando de un plumazo todo el dolor de tantas noches en vela, tanta tristeza, tanto deseo insatisfecho...

Cuando dejó de besarla, le acarició la mejilla con una ternura que la hizo llorar. Sus labios estaban a un milímetro de distancia y podía sentir su aliento cálido en la cara.

Las olas que rompían contra sus pies finalmente le hicieron soltarla. Riendo, ella se alejó a lo largo de la orilla y entonces se dio la vuelta, esperando verlo a su lado. Pero él no se había movido. Seguía de pie, mirando al mar con una expresión impenetrable.

La joven regresó a su lado y le puso una mano sobre el hombro. Él se volvió hacia ella y sonrió, pero su mirada seguía llena de sombras.

–¿Qué pasa? –le preguntó ella, quitándole la arena seca de la piel.

Él sacudió la cabeza y se llevó su mano a los labios.

–Sé que hay algo –soltó el aliento lentamente y volvió a mirar hacia el mar–. He estado a punto de perderte antes de que fueras mía.

Beth le agarró de la cintura y se abrazó a él. Apartó el tejido húmedo de su camisa y le besó en el pecho.

–Pero no me has perdido. Estoy aquí.

–No. No te he perdido. Esta vez no.

–¿Esta vez? –Beth frunció el ceño, sorprendida con aquella respuesta enigmática.

–Vamos... –la tomó de la mano y asintió–. Camine-
mos mientras hablamos. Me sentiré mejor cuando el médico te haya examinado. ¿Puedes andar?

–Estoy bien.

Caminaron en silencio hasta el comienzo del camino.

–¿Recuerdas que tenía un hermano mayor, Niki? –le
preguntó de repente.

Beth asintió al tiempo que encajaba las piezas del
puzle. Niki debía de haberse ahogado en esa misma
playa.

–Todo el mundo sabe que las corrientes son fuertes
en esa playa.

Beth pensó en Ariana, viéndola adentrarse en el mar
mientras tomaba el sol. Se estremeció.

–Pero no éramos más que unos críos y yo nunca me
resistía a un desafío. Él no creía que yo pudiera hacerlo,
pero lo hice. Me adentré en el mar, nadando. Él fue a
buscarme, pero también quedó atrapado en la corriente
submarina. Lo vi ahogarse delante de mí, pero no pude
hacer nada.

Beth le apretó la mano. Ésa debía de ser una carga
muy pesada de llevar, tanto para el hombre que era como
para el niño que algún día había sido.

–Niki trató de salvarme, pero por alguna razón, yo
logré salir y él se ahogó. Yo lo maté.

Beth se detuvo en seco y lo obligó a mirarla a los
ojos.

–Claro que no. Fue un accidente.

–Eso dijeron, claro, pero yo sabía la verdad.

Siempre había sabido que su padre hubiera preferido
que hubiera sido él quien muriera, y no Niki. Nunca se
lo había dicho, pero él sabía que estaba en sus pensamientos.

–Si no me hubiera metido en el agua...

–¿Y si él no te hubiera desafiado? Eso es una tonte-
ría. Las cosas pasan, cosas malas, pero no puedes cargar
con esa culpa. Theo, no eras más que un niño. Fue un ac-

cidente. Tienes que dejarlo pasar. Tienes que seguir adelante.

Theo miró aquel rostro hermoso y delicado y sintió
que algo daba un vuelco dentro de su corazón.

Beth esbozó una sonrisa insegura y se preguntó en
qué estaba pensando.

–Es algo con lo que he vivido siempre.

Beth agarró la mano que él le ofrecía y caminó a su
lado, decidida a hacer más llevadera la carga que sopor-
taba. Superar un trauma tan grande no era cosa de unos
días, pero ella tampoco sabía cuánto tiempo iba a estar a
su lado. Hasta ese momento sólo había admitido sus sentimientos. Sin embargo, en ningún momento había hablado de un compromiso duradero y ella sabía que él no
era hombre de relaciones a largo plazo.

La joven ahuyentó los interrogantes. Durara lo que
durara, tenía intención de estar a su lado siempre que él
la quisiera, porque la alternativa era algo impensable.

Capítulo 16

EL MÉDICO le dijo que se encontraba bien y, después de escuchar cuál era su mayor inquietud, le prometió que le traería el test necesario al día siguiente.

Al salir de la habitación encontró a Theo en un precioso balcón con vistas, caminando a un lado y a otro. Beth se fijó en el helipuerto, que se divisaba a cierta distancia.

–¿Viene alguien? –le preguntó, elevando la voz por encima del ruido de las aspas.

Él se dio la vuelta y la miró con ojos de alegría.

–No. Alguien se va.

Ella levantó una ceja, sorprendida.

–Ariana. Le he dicho que se fuera –su expresión se tornó suave–. ¿Qué te ha dicho? –le preguntó, poniéndole una mano sobre el hombro.

–Estoy bien... Theo, Ariana...

–No quiero hablar de esa mujer –le dijo, apretando la mandíbula.

–Pero tenemos que hacerlo, Theo. ¿Le dijiste que se fuera por el incidente de la playa? Puede que no lo supiera. A lo mejor todo fue un terrible error.

–Tú siempre piensas lo mejor de la gente, lo cual no está mal –admitió él–. Ésa es una de las cosas que te hace... –se detuvo y su voz se rompió–. Pero con la gente como Ariana... –sacudió la cabeza–. No es una buena idea, Beth. Yo no hago más que culparme –le dijo en un tono de autorreproche y remordimiento.

Beth sacudió la cabeza a modo de protesta.

–¿Hay algo por lo que no te eches la culpa? –le preguntó en un tono ligero.

–Esto no es una broma, Beth. Yo la metí en tu vida –le sujetó las mejillas con ambas manos–. Yo sabía cómo era, de qué era capaz –le confesó en un susurro–. Aunque jamás imaginé, ni por un momento, que corrieras peligro. Tienes que creerme –le dijo con vehemencia.

–Claro que te creo.

–Pero la realidad es que te expuse a un peligro. Te utilicé. Si algo te hubiera ocurrido... –cerró los ojos.

–Pero no pasó nada, Theo –dijo ella, conmovida por el dolor que contraía sus hermosos rasgos.

Y entonces recordó la famosa disputa entre los hermanos a causa de Ariana, y no pudo evitar sentir... celos.

–¿Todavía sientes algo por ella?

–¿Qué? ¿Estás loca? –exclamó él, sorprendido.

–Pero no querías que Andreas se casara con ella.

–Déjame contarte una historia sobre Ariana –Theo respiró hondo y se puso erguido.

La agarró de la mano y la condujo a una habitación que parecía una especie de estudio. Beth levantó uno de los lienzos que estaban apoyados contra la pared y entonces contuvo el aliento.

No eran sólo los colores intensos que daban vida a la marina, sino también la emoción palpitante que trasmitían los trazos del artista.

–Esto es extraordinario –exclamó y entonces contempló otro cuadro que estaba justo detrás.

El rostro de un muchacho... Al reconocer aquellos rasgos que tan familiares le eran, se volvió hacia él.

–¿Tu hermano?

–Tal y como yo lo recuerdo –él se encogió de hombros.

–Lo recuerdas con amor –le dijo ella, sintiendo las lágrimas en los ojos–. ¿Todos los has pintado tú? –le preguntó, mirando todos los lienzos que estaban apoyados contra la pared. Por lo menos había una docena.

Él asintió.

Beth sacudió la cabeza, maravillada. El hombre al que amaba era toda una caja de sorpresas, un laberinto de emociones y contradicciones.

–Tienes mucho talento, Theo, mucho talento. ¿Cómo es que no he visto tu trabajo en las paredes de esta casa?

–Suelo pintar cuando estoy aquí, pero sólo para mí –examinó el cuadro que ella tenía en las manos y entonces lo volvió de cara a la pared–. Mi padre no aprobaba mis aspiraciones artísticas.

–¿Pero por qué? –le preguntó, perpleja.

–Pensaba que era una distracción de mis obligaciones –admitió con una media sonrisa–. Y también pensaba que no era muy... masculino.

–Tu padre parecía muy... –Beth reprimió una pequeña carcajada.

–Era un hombre de su época, pero también tuvo muchas cosas buenas. Sin embargo, no era precisamente sensible a la expresión artística. No empecé a pintar de nuevo hasta su muerte. Ven –le dijo, quitando una sábana polvorienta de una silla y haciéndola sentarse–. Querías saber de Ariana.

–Pero no es necesario si tú no...

–Hace seis años yo terminé con nuestro compromiso.

–¡Tú terminaste con el compromiso! –exclamó ella–. Yo pensaba que...

–Yo terminé con el compromiso. ¿Sabes que su primer matrimonio terminó en divorcio?

Beth asintió.

–Bueno, para resumir, un día entré en casa y me la encontré en la cama con su hijastro.

Beth se quedó boquiabierta.

–Hirió mi orgullo, Elizabeth, no mi corazón –tomó su mano y se la puso sobre el pecho–. Eso te pertenece –le dijo en un tono conmovedor.

–¡Oh, Theo! –susurró ella, mirándole con rayos de sol en los ojos–. Te quiero tanto.

–Pero hay algo más. El padre del chico estaba conmigo en ese momento, y la función estaba especialmente dedicada a él. Ésa fue la pcqueña venganza de Ariana después de verse despojada de una jugosa propiedad tras el divorcio. A Ariana sólo la mueve la codicia y la sed de venganza. Nunca la quise. Era un joven idealista, romántico, y confundí la lujuria con el amor. Pero contigo... tengo las dos cosas.

Beth suspiró.

–Espera un momento. Lo que no entiendo es por qué Andreas y tú os peleasteis por Ariana.

–No sabía que lo hubiéramos hecho –él levantó una ceja.

–Sé que ocurrió –Beth sacudió la cabeza–. La gente no hablaba de otra cosa que no fuera vuestra gran discusión.

–Sí tuvimos una gran discusión, como tú la llamas, pero no fue por Ariana, aunque ella también saliera a colación, y tú también.

–¿Yo? ¿Os peleasteis por mí?

Theo deslizó la yema del dedo sobre su mejilla.

–¿Te gustaría que hubiéramos peleado por ti? –le preguntó en un tono bromista.

Beth fingió estar indignada.

–¿Qué pregunta es ésa? Por supuesto que no... –se detuvo y esbozó una sonrisa–. Bueno, no especialmente, pero... ¿lo hicisteis?

–Nuestra conversación aquella mañana me dejó pensando que hubieras querido que fuera él y no yo.

–¿Cómo pudiste pensar algo así?

–¿Cómo no iba a pensarlo? Me habías dicho que lo amabas –Theo la miró con incredulidad.

Beth hizo una mueca al recordar sus propias palabras.

–Pensaba que sí –admitió–. Pero entonces no sabía que el amor necesita pasión y que la pasión necesita amor, ni tampoco sabía que era muy difícil encontrar las dos cosas en un solo lugar o... –le acarició la mejilla– en una persona.

–El caso es que yo pensaba que esa persona era Andreas, así que fui a hablar del asunto con mi querido hermano de la forma más civilizada posible.

Beth puso los ojos en blanco.

–¿Y quién dio el primer puñetazo?

–A Andreas no le gustó mucho que le dijera que un hombre que empieza a jugar con una mujer no está listo para casarse con otra –Theo sonrió.

–No debería haberte dicho eso.

–Siempre deberías decírmelo todo –le dijo él, dándole fuerza a sus palabras con un beso.

–¿Nada de secretos? –preguntó ella, sonriente y feliz.

–Nada.

Ella asintió con la cabeza.

–En realidad las cosas no se pusieron realmente feas hasta que le dije que, si alguna vez te engañaba con otra, lo aplastaría como a un mosquito.

–¿Le dijiste eso? –Beth lo miró con una mirada de perplejidad.

–No son las palabras exactas –reconoció con una sonrisa–. Te he dado la versión censurada.

–¿Tú hiciste que se fuera a Nueva Zelanda?

–No, fue idea suya. Creo que tenía algunas dudas sobre Ariana y quería algo de espacio para ver las cosas desde otra perspectiva.

Beth se mordió los labios y bajó la vista. ¿Sería eso lo que él haría unos meses más tarde? Rápidamente disipó los pensamientos nocivos. ¿Por qué preocuparse por el futuro cuando el presente era tan maravilloso?

–En realidad creo que... –dijo él, pensativo–. Andreas ha esperado tanto tiempo para librarse de Ariana porque yo se lo pedí.

–Yo tengo la misma reacción cuando me pides cosas.

–No siempre –dijo él–. Algunas veces pareces encantada de complacerme –tomó las manos de Beth y la hizo levantarse. El brillo de sus ojos la hizo sonrojarse, y después estremecerse.

Comenzó a tocarla por todo el cuerpo y se detuvo cuando llegó a sus pechos.

De pronto ella reprimió un pequeño grito de dolor.

–Me has mentido. Sí que estás herida –le dijo, mirándola con preocupación.

–No –dijo ella en un tono sincero–. No he mentido. Estoy bien. Es que me duelen un poco.

Él la observó tocarse los pechos suavemente y entonces frunció el ceño.

–¿Y por qué iban a dolerte? –de repente se detuvo y se puso pálido–. ¿Quieres decir que estás...? –su mirada se posó en el vientre de Beth y entonces tragó con dificultad.

–No hay que asustarse todavía. No estoy cien por cien segura, pero...

Él levantó la vista y la miró fijamente.

–¿Pero tú crees que lo estás?

Beth observó la expresión de su rostro y respiró aliviada. La reacción podía haber sido mucho peor. Sólo parecía profundamente conmocionado.

–Lo siento –dijo por fin, soltando el aliento y asintiendo con la cabeza.

–¿Y por qué ibas a sentirlo? –le dijo él.

–Bueno, no creo que esto entrara en tus planes.

Theo la agarró de la barbilla y la obligó a mirarle a la cara.

–Tampoco entraba en mis planes enamorarme de ti, pero eso ha sido lo mejor que me ha ocurrido en toda mi vida.

Aquella afirmación sencilla y sincera hizo llorar a la joven.

–Algunas cosas son porque sí.

–¿Entonces no te importaría?

–¿Importarme? Me encantaría.

Beth sintió que las últimas nubes se disipaban.

–¿No te das cuenta de que un bebé nuestro sería brillante, inteligente y muy, muy guapo? –le dijo en un tono bromista–. Bueno, ya no hay más que hablar. ¿Para qué esperar? Podríamos casarnos la semana que viene. De hecho, mañana sería mejor.

–¿Quieres que me case contigo?

–Bueno, eso está por descontado. Claro –él pareció muy sorprendido ante la pregunta.

–No para mí. Yo creía que querías tener una aventura conmigo, pero casarse... Ni siquiera se me había pasado por la cabeza. ¿No lo dices sólo por el bebé?

–Quiero comprometerme contigo –le dijo él, sacudiendo la cabeza–. Quiero hacer las cosas bien.

Beth se rindió y dejó correr las lágrimas por sus mejillas. Eran demasiadas.

–Theo, a una mujer le gusta que se lo pidan.

Sin pensarlo, él se hincó de rodillas.

–Elizabeth Farley, ¿querrías hacerme el honor de ser mi esposa?

Ella le puso un dedo sobre el hoyuelo que tenía en la barbilla y fingió pensárselo un poco.

–Bueno, déjame ver...

Él se puso en pie de repente y la alzó en el aire.

–Oh... ¡Bájame, idiota! –gritó al tiempo que él le daba vueltas.

–No hasta que me digas que sí.

–Muy bien, sí. Acepto casarme contigo.

Una sonrisa feliz se dibujó en los labios de Theo.

–Respuesta correcta –dijo lentamente, apoyándola en el suelo, pero sin soltarla.

–¿Hay premio? –preguntó ella.

–Sí. Yo.

–Muy bien... ¿Pero yo me voy a llevar algún premio? –preguntó ella, insistiendo en un tono bromista.

–En realidad, ahora que lo mencionas, sí que tengo uno. Espera aquí –salió por una puerta y regresó unos segundos después con una caja cilíndrica–. Más bien es un regalo de bodas.

Intrigada, Beth sacó los documentos de la caja y los

examinó sin saber muy bien lo que estaban viendo sus ojos.

De pronto reconoció la forma de... Su mirada saltó hacia Theo.

–Mi casa, aunque ya no es mía. Acabo de venderla –le dijo. La venta se había producido unas horas antes. De hecho, había recibido el mensaje del agente de camino a Santos.

–Lo sé –dijo él.

–No entiendo nada –ella sacudió la cabeza sin comprender.

–Yo he comprado la casa para ti. El arquitecto que ha hecho los planos ha trabajado en muchos proyectos de recuperación y restauración de edificios históricos, pero, claro, está dispuesto a incorporar cualquier modificación que tú quieras hacer.

–¿Me has comprado la casa? –le preguntó, temblando.

–Sí prefieres vivir en otra parte...

Beth parpadeó y trató de contener las lágrimas que le nublaban la vista.

–Yo viviría en cualquier parte contigo, Theo –declaró con una sonrisa–. Pero esto es lo más maravilloso que jamás han hecho por mí. Pero cuando la compraste no sabías que iba a venir.

Su dulce inocencia arrancó una sonrisa de los labios de Theo.

–¿Quién crees que lo arregló todo para que vinieras?

–Tu madre me lo pidió. Me dijo que tú...

–Mi madre te dijo lo que yo le pedí que te dijera.

–Entonces fue una pequeña conspiración.

–Desde luego –dijo él–. Y todo salió a la perfección, excepto por una cosa... Ariana. Claro.

–¿Nunca hubo ningún invitado? Y tu madre y Georgios... ¿No hubo ninguna emergencia en el trabajo? ¿Estabas tan seguro de mí?

—Estaba seguro de que no quería pasar ni un día más sin ti y tampoco quería compartirte con nadie.

—No sé si fiarme de ti —le dijo en un tono de humor, sacudiendo la cabeza.

—Pues fíate. Soy el hombre que necesitas.

Aquella afirmación arrogante era tan propia de él que Beth se echó a reír.

—El hombre que necesito y quiero —le dijo, con voz temblorosa.

Él la miró con los ojos ardiendo de amor y de deseo.

—Eso me interesa mucho. Quiero saber cuánto.

Beth se lo demostró encantada y le dio todo lo que había llevado dentro durante tanto tiempo...

Bianca™

Él duque la desea, pero…
¿ella se rendirá a él?

Saul Parenti siempre exige lo mejor. Por eso ha contratado a Giselle Freeman para que trabaje para él. Giselle posee una actitud glacial y una belleza fría. Pero para Saul resulta obvio que, bajo esa fachada polar, se esconde una pasión salvaje.

Debido al trauma que sufrió en su primera infancia, Giselle construyó unos muros de acero alrededor de su corazón. Ahora está trabajando con el único hombre que puede poner en peligro sus defensas. Su mutua atracción sexual está en su punto de ebullición. El único resultado posible: una rendición total y absoluta que cambiará su vida.

Rendida al duque

Penny Jordan

¡YA EN TU PUNTO DE VENTA!

Acepte 2 de nuestras mejores novelas de amor GRATIS

¡Y reciba un regalo sorpresa!

Oferta especial de tiempo limitado

Rellene el cupón y envíelo a
Harlequin Reader Service®
3010 Walden Ave.
P.O. Box 1867
Buffalo, N.Y. 14240-1867

¡Sí! Por favor, envíenme 2 novelas de amor de Harlequin (1 Bianca® y 1 Deseo®) gratis, más el regalo sorpresa. Luego remítanme 4 novelas nuevas todos los meses, las cuales recibiré mucho antes de que aparezcan en librerías, y factúrenme al bajo precio de $3,24 cada una, más $0,25 por envío e impuesto de ventas, si corresponde*. Este es el precio total, y es un ahorro de casi el 20% sobre el precio de portada. ¡Una oferta excelente! Entiendo que el hecho de aceptar estos libros y el regalo no me obliga en forma alguna a la compra de libros adicionales. Y también que puedo devolver cualquier envío y cancelar en cualquier momento. Aún si decido no comprar ningún otro libro de Harlequin, los 2 libros gratis y el regalo sorpresa son míos para siempre.

416 LBN DU7N

Nombre y apellido	(Por favor, letra de molde)	
Dirección	Apartamento No.	
Ciudad	Estado	Zona postal

Esta oferta se limita a un pedido por hogar y no está disponible para los subscriptores actuales de Deseo® y Bianca®.
*Los términos y precios quedan sujetos a cambios sin aviso previo.
Impuestos de ventas aplican en N.Y.

SPN-03   ©2003 Harlequin Enterprises Limited

Deseo™

Tú eres lo que quiero

KATE HARDY

Jack Goddard siempre conseguía lo que quería. A Alicia Beresford no le había gustado el interés que mostraba por su mansión familiar, pero Jack pensaba seguir adelante con sus planes de negocio y llevarse a Alicia a la cama como parte del trato.

Aquel playboy era un chico malo y el hombre más sexy que Alicia había conocido. Cuanto más tiempo pasaba con el guapísimo empresario, más tentadora resultaba su propuesta de mantener un tórrido romance. Pero también sabía que no era hombre de echar raíces. ¿Soportaría Alicia el hecho de que Jack sólo buscaba una inversión temporal antes de mudarse a otra propiedad?

Una oferta por su casa...
y su cuerpo

¡YA EN TU PUNTO DE VENTA!

Bianca

¡Un heredero por decreto real!

Saul Parenti siempre se ha alegrado de ser el segundo en la línea sucesoria de la monarquía de Arezzio. Así puede concentrarse en su imperio financiero... y en los encantos de su esposa Giselle.

Pero cuando su primo es asesinado, debe subir al trono. En lugar de perseguir sus propios sueños, Saul y Giselle deberán ahora vivir rodeados de pompa y protocolo. Pero los traumas secretos del pasado de Giselle la han dejado profundamente marcada, y no quiere ser madre. Eso provoca una crisis en su matrimonio, porque su deber real es concebir un heredero.

La esposa del duque

Penny Jordan

¡YA EN TU PUNTO DE VENTA!